A FORTALEZA NO PÂNTANO

FUGINDO DE DRAGÕES LIVRO 1

NEIL O'DONNELL

TRADUZIDO POR
MAYUMI NAKASHIMA

Para Annie e Rock...
A todos os novos começos...

NÍVEL 1

CAPÍTULO UM

A luz do sol minguante encorajava as nuvens melancólicas acima, enquanto os ventos frios e uma garoa gelada anunciavam a tempestade que se aproximava. Na verdade, nem mesmo um furacão conseguiria abafar o fogo que Thomas planejava atear.

— Sempre em meus pensamentos, Mamãe e Papai — disse Thomas enquanto jogava uma tocha pela porta aberta da cabana na qual ele havia passado toda a sua vida até aquele momento. Dezessete anos de sua vida protegidos pelas paredes robustas de madeira da estrutura de 9 por 12 metros que seu pai havia construído anos antes do nascimento do filho. Seu pai fora um carpinteiro, dos bons, e havia erguido a estrutura para que nenhuma tempestade a destruísse. Esse fato só complicava as ações de Thomas agora. Thomas cobriu a entrada principal da cabana com lenha embebida em óleo de lanterna. Com apenas uma tocha, a cabana explodiu em chamas que logo destruiriam a estrutura e qualquer resíduo restante da praga que matou seus pais e quase todos os outros que chamavam a Vila de Seneca de lar.

A chuva caia constantemente. Thomas, encapuzado, observou as chamas subirem pelas laterais de seu lar. O crepitar das chamas provou ser enfurecedor, significava a morte de seus pais, bem como a vitória sobre a praga. Bem, os outros sobreviventes consideraram isso uma vitória; Thomas não estava tão convencido.

A cabana cerrada pelo fogo logo cedeu sobre si mesma, os suportes do telhado caindo antes do que Thomas havia previsto, o que na verdade, tornou as coisas mais fáceis. Sabendo que o fogo seria contido pela tempestade e incapaz de alcançar a floresta, ele disse seu último adeus aos seus pais. Embora ele os houvesse enterrado no cemitério da vila, ele ainda sentia a presença de seus pais ali, para sempre conectados às terras que os sustentaram.

— O mundo sempre vai lembrar-se de vocês — Thomas sussurrou antes de virar as costas para a cabana e marchar para o leste, para onde só Deus sabia. Ele sabia que chegaria apenas até certo ponto antes que o olho da tempestade o alcançasse, mas jurou caminhar até estar além dos limites da vila. No momento em que ele ateou o fogo, os moradores que restaram da vila conduziam meia dúzia de carroças para o sul para encontrar um lugar novo para chamar de lar. Thomas desejou-lhes o melhor, mas queria libertar-se das memórias da vila. O fardo era pesado demais. Ele precisava de um novo começo.

— Para o leste, rapaz — seu pai sempre dizia. — Ao leste há aventura. Montanhas, pântanos, rios e aventuras. — Seus pais adoravam uma vida tranquila, cheia de rotina, segurança e estabilidade. Thomas também valorizava isso, mas a praga mudou tudo.

— Não deixarei que o mundo esqueça meus pais — prometeu Thomas, e lugares de aventura, perigo e mistério ofereciam um caminho para alcançar esse novo objetivo. — Tudo o que eu faço, eu faço por eles. — Então, antes de partir, Thomas cortou uma mecha de seu cabelo preto como carvão e o enterrou não muito longe da cabana. — Um pedaço de mim sempre estará aqui, Mamãe e Papai.

Viajando cinco quilômetros além da fronteira leste de Seneca, Thomas encontrou um bosque que fornecia uma boa proteção contra o vento incessante. Lá ele armou uma tenda, que na verdade, nada mais era do uma lona que ele havia amarrado entre duas árvores. Com o solo saturado e o ar frio da noite, somente após acender uma pequena fogueira, Thomas conseguiu sentir algum conforto. Beliscando alguns biscoitos de bordo e um pouco de charque de veado, ele saciou sua fome, mas apenas por pouco tempo. Ele logo ficaria sem rações, então sabia que garantir comida era sua maior preocupação. Glenwood era a vila a leste mais próxima e seu destino atual. No entanto, sua estadia lá seria breve; apenas o tempo suficiente para garantir comida e talvez algum dinheiro, já que ele havia dado todas as moedas de cobre e prata que tinha para os demais sobreviventes de Seneca. Claro, os bandidos não poderiam saber disso.

Ele acordou com o tamborilar das gotas de chuva contra a sua tenda. Enrolado em um cobertor de lã, ele estremeceu quando o chão esfriou, sua fogueira já apagada havia muito tempo. Thomas estava considerando opções para continuar sua jornada quando os três homens apareceram. Ele os ouviu andando pela floresta e esperava que eles passassem por ele sem que vissem a tenda. Ele não teve essa sorte.

— Olhe ali, uma tenda — um dos homens disse antes que seus passos ficassem mais altos conforme eles se aproximavam. Emergindo da tenda, ainda enrolado em seu

5

cobertor, Thomas olhou para os viajantes. Os três eram mais velhos que ele, pelo menos 10 anos. Um era corpulento, enquanto os outros dois eram magros, esqueléticos até, parecendo que qualquer brisa forte os derrubaria no chão.

— Bom dia, estranho — o corpulento disse enquanto desembainhava sua espada de lâmina curta, que parecia mais um facão do que uma arma de guerra. — Certamente uma bela manhã para se estar ao ar livre, você não concorda?

— Um pouco fria para o meu gosto — disse Thomas enquanto deixava seu cobertor cair e observava os demais homens desembainharem adagas com lâminas enferrujadas.

— Estamos coletando impostos em nome do prefeito — disse o homem corpulento, parando a poucos metros de Thomas. Ele sorriu maliciosamente ao pensar em qualquer prefeito mandando coletores de impostos vestidos com tal incompatibilidade de gibões de couro, botas gastas, calças de algodão e mantos de lã mais do que puídos.

— Eu não tenho dinheiro, só o meu martelo de ferreiro, uma tenda e meu cobertor.

— Vocês, povos de vilas, sempre têm algo escondido — disse o mais próximo dos homens magros, apontando sua adaga na direção de Thomas. — Eu digo que devemos revistá-lo. — Com as palmas para cima e em direção aos bandidos, Thomas lentamente se abaixou até estar agachado antes de alcançar o martelo atrás de si. Depois de agarrá-lo, ele se levantou e estendeu o braço como se oferecesse o martelo como tributo. O homem corpulento deu um passo à frente involuntariamente. Como ele poderia entender a raiva de Thomas, ainda crua e avassaladora? Assim que o pé esquerdo do bandido se firmou a menos de um metro de seu braço estendido, Thomas jogou seu martelo, com seus dois quilos, atingindo solidamente o topo do pé do homem corpulento.

— Ahhh! — o homem exclamou enquanto a dor percorria

seu corpo e ele desabou no chão do bosque. Ele não conseguia nem pensar em ordenar a seus companheiros que matassem Thomas; eles ficaram igualmente imobilizados, dando a Thomas tempo para recuperar seu martelo e bater no joelho direito do homem corpulento. A raiva de Thomas assumiu a partir daí. Primeiro lançando seu martelo no peito do bandido armado mais próximo, ele pegou a adaga caída do homem corpulento enquanto o bandido gritava e rolava pelo chão do bosque. O último bandido fugiu. Quanto ao "cobrador de impostos" que empunhava a adaga e cujo peito havia sido atingido pelo martelo ele estava ofegante deitado de costas.

— Tente respirar lenta e profundamente — aconselhou Thomas enquanto pegava seu martelo antes de caminhar para seu abrigo. Demorou apenas alguns minutos para desmontar a sua tenda e reunir seus pertences. Pronto, Thomas caminhou até o homem corpulento, que agora estava gemendo. — Se eu vir algum de vocês novamente vou matá-los — disse Thomas francamente antes de jogar a espada do homem corpulento no mato. Com a raiva agora de alguma forma aliviada, Thomas continuou caminhando, tirando os bandidos da cabeça e mantendo os olhos azul-cobalto focados na trilha para Glenwood.

CAPÍTULO DOIS

Thomas caminhou muito naquele primeiro dia, querendo colocar o máximo de distância possível entre ele e os bandidos. Ele seguiu a Estrada da Rainha na maior parte do tempo, esgueirando-se para dentro da floresta sempre que ouvia outros viajantes. Não fazia sentido arriscar encontrar mais cobradores de impostos.

A Estrada da Rainha estava batida e endurecida, o impacto das carroças, das ferraduras, e das botas pisoteando a maior parte da grama e ervas daninhas que sobreviveram para perfurar a terra endurecida da estrada. Mesmo com as últimas chuvas, a maior parte da estrada escoou a água para as valas erguidas aqui e ali ao longo de todo o sistema viário.

— Tenho que amar os engenheiros — brincou Thomas, imaginando que as valas de escoamento foram colocadas onde as inundações eram consideradas prováveis, séculos antes, quando as estradas foram construídas. Certamente, ele encontrou lagoas vernais suficientes que pareciam ser alimentadas em parte pelo escoamento da estrada. Naquela primeira noite depois dos bandidos, Thomas parou em um

8

riacho paralelo à estrada por cerca de um quilômetro. Embora não chegasse nem perto da circunferência e da profundidade do menor rio, nos baixios do riacho ainda havia dois robalos, os quais ele passou menos de uma hora pescando nas águas lentas. Evitando o erro da noite anterior, Thomas caminhou de volta para bem longe da estrada para montar acampamento. Protegido por um denso bosque de coníferas, Thomas montou sua tenda antes de acender o fogo para cozinhar. Complementado por algumas mordidas na carne seca de veado ao longo da jornada do dia, os dois robalos reduziram as dores de sua fome. Thomas decidiu pescar de manhã para começar com uma boa refeição, em vez de esperar até o final do dia novamente, quando estaria exausto.

Naquela noite, as estrelas brilhavam através do céu parcialmente nublado, as constelações das quais seu pai falava razoavelmente claras. Thomas se lembrava do Caçador, do Cervo e da Foice, mas não conseguia se lembrar do resto, da religião a que essas constelações eram vinculadas havendo desaparecido milênios antes. Seu pai havia estudado por um tempo para ser sacerdote, foi quando ele aprendeu sobre outras crenças e superstições. A desilusão e a necessidade de uma família afastaram seu pai da batina, algo pelo qual Thomas era grato. Como seus pais, ele compartilhava a fé dos outros, em uma Alteridade Suprema e entidades menores, divinas ou não, que espreitavam pelo mundo para fortalecer ou subjugar os mortais. Ele não passou muito tempo considerando o sobrenatural. Como ferreiro, ele preferia criar a partir da generosidade que o mundo visível oferecia. A menos de dois dias de casa, os ouvidos de Thomas ansiavam pelo som de seu martelo batendo no ferro quente. Ele adormeceu naquela noite pensando nas imagens, sons e cheiros de uma ferraria.

———

— Ok, da próxima vez eu me livro de todas as pedras — amaldiçoou Thomas enquanto cavava a pedra desgastada sobre a qual rolou durante a noite. Com as costas doloridas, ele saiu de sua tenda e se espreguiçou por um tempo para esticar as juntas de seus músculos. Então, depois de rapidamente desmontar o acampamento, ele caminhou até a estrada e novamente pescou alguns peixes, desta vez um gordo bagre junto de outro robalo. Ele arriscou uma fogueira na beira da estrada e preparou sua refeição e terminou em menos de uma hora. Então, a caminhada do dia começou de verdade. Pescar pela manhã e acampar bem longe da estrada tornou-se a rotina de Thomas nos três dias seguintes, seus pensamentos raramente longe de seus pais e amigos que também haviam sucumbido à peste. Naquele último dia de viagem, quando a rua principal de Glenwood apareceu, ele percebeu que estava longe de se livrar de sua dor e perda, mas esperava que essa vila servisse como o começo de sua reconstrução.

A vila em si era maior do que Seneca, mas nem perto do tamanho das cidades de que seu pai falava, tanto no norte quanto no sul. Sem dinheiro algum, encontrar um trabalho que pagasse em cobre, prata ou hospedagem era sua primeira tarefa. Um estábulo localizado no limite da vila se provou um fracasso, eles já tinham dois ferreiros residentes cuidando de todas as necessidades, de ferraduras a rebites de rodas de carroça. As visitas de Thomas ao moinho, à igreja e à taberna principal da vila foram igualmente infrutíferas, pois o pouco que precisava ser consertado por um ferreiro era contratado pela ferraria da vila. Apenas quando Thomas se aproximou do extremo leste de Glenwood ele se deparou com uma pousada que precisava de pequenos trabalhos de ferreiro.

— Ferraduras e outros ajustes, de fato — disse Grier, o

dono da estalagem, quando Thomas perguntou. — Não tenho um ferreiro há três estações, e Deus sabe que aquele maldito Vaulkner, que dirige a ferraria da vila, rouba você às escondidas pelo que cobra. Posso pensar em algumas coisas para você fazer, se você estiver ok em dormir no celeiro e tiver duas refeições gratuitas por dia enquanto estiver trabalhando. Isso soa como um acordo justo ou não? — Grier era um sujeito baixo e gorducho com cabelo preto e olhos azuis penetrantes que nunca esboçavam um sorriso quando você falava com ele. Isso serviu muito bem para Thomas, já que seu objetivo era apenas conseguir um teto sobre a sua cabeça e um pouco de comida no estômago. Ele aceitou o acordo com entusiasmo.

Com apenas uma muda de roupa, Thomas ficou mais do que emocionado em trocar o traje que ele havia usado nos últimos dias. Dizer que ele estava um pouco podre era um eufemismo. Obtendo um pedaço de sabão de uma das empregadas da estalagem de Grier, Thomas tomou banho em uma banheira de água fria antes de se ensaboar e enxaguar seu traje de viagem. Querendo impressionar seu novo empregador, Thomas não perdeu tempo em ascender a forja de carvão da pousada, situada em um galpão ao sul do celeiro. Em pouco tempo, a forja ardia e logo em seguida os cheiros e sons que ele tanto amava inundavam o ar do galpão. Os trabalhos fracassados dos ferreiros anteriores repousavam em um velho barril; martelos de bola partidos, ferraduras quebradas, machados rachados e uma miscelânea de quinquilharias de metal.

Por um momento, depois de levantar seu martelo, Thomas fechou os olhos e apurou seu peso. Então, pegando um dos fragmentos de ferradura do barril, colocou-o nas brasas e esperou. Não demorou muito para o ferro ficar vermelho vivo, depois do qual seu martelo começou a cantar. Golpe a golpe, seu martelo apunhalou o ferro que havia sido uma ferradura de mula e, em pouco tempo, ele forjou uma limpador de ranilha. Quando a noite começou a cair, Thomas seguiu em frente, desta vez pegando um fragmento de ferradura maior e transformando-o em uma faca. Ele sorriu ao se lembrar de sua mãe e seu pai sempre o encorajando a reciclar ferramentas, sobras de refeições e até galhos robustos que caíam das árvores durante as ventanias, estes para uso como cabo de pá, de martelo e de machado. Era bom criar novamente, o ferro sendo o seu mediador e o fogo a salvação de sua arte. Ele sorriu após apreciar seu trabalho. Foi então que um brilho chamou sua atenção. Um machado pendia de uma estaca presa em uma das vigas de suporte do galpão. Com apenas uma intuição. Ele se aproximou e removeu o machado da viga, e uma rápida olhada na cabeça enferrujada do machado revelou uma rachadura na ponta.

— Bem, agora há uma coisa que precisa ser consertada — ele disse enquanto enfiava a cabeça do machado nas brasas. A cabeça do machado brilhava em uma variedade de tons, do laranja-carmesim ao amarelo-brilhante. A cada batida de seu martelo, a borda revelava novas facetas. Enquanto ele forjava a ferramenta antiga, a história do machado começava um novo capítulo, como se estivesse se opondo a começar uma nova vida como um ferro reaproveitado. Assim que terminou, Thomas afiou o machado, levando o tempo necessário para deixá-lo bom e afiado.

— O machado do meu pai — disse Grier, assustando Thomas enquanto ele inspecionava a ponta do machado.

— Desculpe. Só pensei em consertar...

— Não precisa se desculpar — Grier disse estendendo a mão. Thomas entregou o machado, e Grier o pegou. O dono da estalagem sorriu, revelando seus dentes tortos e amarelados por uma vida inteira fumando cachimbo. — Eu nunca pensei que isso ficaria inteiro novamente. Você tem meus agradecimentos.

— Fico feliz em ajudar e ainda mais feliz por ter onde passar a noite.

— Você deveria entrar enquanto ainda há carne de veado. Minha esposa até assou uma fornada fresca de queques de milho, são absolutamente deliciosos servidos com manteiga — disse Grier, mas ele nunca desviou o olhar do machado.

— Vou me lavar.

CAPÍTULO TRÊS

G rier não havia mentido sobre os queques de milho.
Thomas comeu três, todos pingando de manteiga,
enquanto também comia uma porção generosa do ensopado
de carne de veado. Fazia muito tempo que ele não tinha um
jantar tão rico, não desde que a praga havia atingido a sua vila.
O ensopado em si estava cheio de legumes, principalmente
cenoura, cebola e nabo. Tinha um cheiro divino e um gosto
ainda melhor. Com leite e água para engolir a comida, o
ferreiro estava se sentindo muito bem com a sua sorte naquele
momento.

— Ainda não acabou, meu amigo — disse uma mulher de
meia-idade enquanto colocava um prato com uma fatia
fumegante de torta de maçã na frente de Thomas. Com mais de
um metro e meio de altura, a mulher cheia de cabelos ruivos
lançou um sorriso que iluminou a taberna. Ele percebeu
instantaneamente que ela tinha um espírito jovial, muito
parecido com o de sua mãe. — Aquele machado que você
consertou significava muito para o meu marido. Era de seu pai
e quebrou há duas estações. Não sei como ele quebrou a coisa,

mas sei que meu marido ficou fora de si por muito tempo depois, sentido como se tivesse falhado com o pai. Ser capaz de empunhar aquele machado novamente, mesmo que apenas para cortar lenha, você deu a ele um presente ao qual nunca poderei retribuir. Eu espero que esta torta e um uísque a cada noite enquanto você estiver conosco mostrem de alguma forma nossa gratidão.

— O ensopado e os queques mais do que me compensam, senhora, mas agradeço sua generosidade. Os meses têm sido difíceis para mim. Ter um teto sobre minha cabeça e uma lareira para dormir ao lado são presentes que eu realmente não esperava. Fico feliz em ajudar você e seu marido da maneira que eu puder enquanto estiver aqui. — A deliciosa torta e o uísque que lhe serviram encerraram um dia verdadeiramente maravilhoso. Não havia muitos hóspedes na estalagem naquela noite, mas havia o suficiente para manter as conversas ao seu redor. Sempre um bom ouvinte, Thomas sentiu que estava de volta à sua própria vila por um curto período de tempo, em uma das festas comunitárias realizadas no celeiro de um vizinho ou no pátio da vila. Retirando-se tarde para o celeiro, com o uísque o deixando apenas um pouco bêbado, Thomas encontrou dois cobertores de lã pesados junto com um par de travesseiros colocados em uma pilha de feno fresco, um fogo recente aceso na pequena lareira localizada a poucos metros de sua cama improvisada. Foi o melhor sono que teve desde o verão.

No dia seguinte acordou cedo ao som de um galo pernicioso que dominava as manhãs da estalagem.

— Esse galo tem que morrer — murmurou Thomas enquanto lutava para se levantar do conforto da cama. Mais uma vez, ele queria desesperadamente causar uma boa impressão, então foi imediatamente para a forja começar o dia. O galpão tinha uma bacia rasa com água, um punhado da qual ele jogou em seu rosto. A água gelada ajudou a despertá-lo. A partir daí, depois de acender a forja, começou aos poucos, fazendo duas dezenas de pregos para uso doméstico; era um trabalho rápido, suas marteladas não eram capazes de despertar nenhum dos hóspedes que ainda dormiam na estalagem. Não demorou muito para que os aromas do café da manhã e o farfalhar dos funcionários da pousada trouxessem vida à estalagem. Logo, o cheiro de bolos recém-assados e as risadas dos clientes encheram o ar. Agora era hora de atacar.

Agarrando uma das cabeças dos martelos de bola quebradas do barril, Thomas bateu até que a parte mais grossa tivesse sido moldada em uma forma e espessura semelhantes a uma machadinha barbuda. Demorou quase uma hora, mas ele ficou satisfeito em reforjar o ferro esquecido em uma cabeça de machado pontiaguda. Ele transformou outra cabeça de martelo quebrada em uma faca, sendo seguida pela transformação de uma meia ferradura em uma pequena lâmina adequada para uma criança que estivesse aprendendo a manejar uma faca. Uma vez terminado, ele colocou a faca na bancada da forja. Ele então descansou o martelo enquanto examinava outras ferramentas descartadas dentro do barril. Então, menos de duas horas após o nascer do sol, enquanto procurava um bom estoque de ferro, Thomas recebeu seu primeiro visitante.

Um homem magro com uma barba desgrenhada aproximou-se do galpão e gritou uma saudação à qual Thomas simplesmente acenou com a cabeça em resposta. Ele não era um pedinte, mas sim um cortesão por sua aparência, embora não fosse alguém que se exibisse entre os plebeus. E em seu traje faltasse o costumeiro gibão rosa ou laranja usado pelos cortesãos da rainha. Com alguns centímetros mais alto que Thomas, o homem usava uma camisa branca de mangas compridas com babados na gola e nos pulsos, mas a partir daí ele vestia calças de couro preto e botas altas de montaria.

— Bom dia, ferreiro — disse o homem enquanto enfiava a mão em um pequeno saco que carregava. — O dono da estalagem disse que se alguém aqui poderia me ajudar, seria você. — Do saco ele tirou duas ferraduras, ambas as quais tinham visto dias melhores. — Cheguei ontem ao meio-dia e parei no ferreiro da vila para trocar as ferraduras do meu corcel. Sou um mensageiro a caminho das cidades a oeste e estou com pressa. O ferreiro da vila cobrou uma quantia bastante exorbitante pelas ferraduras mais baratas que tinha. Eu não sou feito de ouro. De qualquer forma, temo que as ferraduras novas não durem toda a jornada e gostaria de consertar as antigas... só por precaução. É algo que você poderia fazer? Tenho algumas moedas de prata para pagar, caso consiga consertá-las até esta noite. — Thomas pegou as duas ferraduras e as examinou, rindo um pouco ao fazê-lo.

— Algo engraçado, ferreiro? — perguntou o mensageiro com um tom acalorado em sua voz.

— Há quanto tempo você está a serviço da rainha, senhor? — perguntou Thomas enquanto continuava a olhar para as ferraduras.

— Não muito. Isso é um problema?

— Não, mas deixe-me salvá-lo de problemas futuros. Nunca diga a um ferreiro quantas moedas você tem. Você faz isso e, de repente, terá a sorte de ter em sua bolsa apenas moedas suficientes para o trabalho que precisa ser feito. Posso consertar as rachaduras nas ferraduras e devo terminar o trabalho em duas horas. Não é realmente um trabalho difícil, embora eu recomende que você toque todas as ferraduras do corcel após o final de sua jornada. Eu diria que três moedas de cobre pagariam o trabalho; apenas pague ao dono da estalagem quando sair. E, desculpe-me senhor, mas se você é um mensageiro da rainha, eu manteria isso em segredo. Você nunca sabe quando a pessoa a quem você revela isso faz parte da guilda de ladrões local. — O jovem corou e assentiu.

— Obrigado, senhor — ele disse. — O seu conselho e honestidade são apreciados.

— Não sou um senhor... Meu nome é Thomas. — O ferreiro estendeu a mão, a qual o mensageiro aceitou. As ferraduras foram consertadas em menos de duas horas, mas esse não era o problema. Enquanto o mensageiro da rainha viajava pela cidade entregando a correspondência real, ele maravilhava os moradores da vila falando sobre as habilidades do ferreiro da estalagem, embora ainda não tivesse visto as ferraduras consertadas. O homem acabou pagando uma moeda de prata ao dono da estalagem pelo trabalho do ferreiro, pedindo que metade, dez cobres, fossem para o ferreiro como recompensa. Os negócios dispararam a partir daí.

Além de forjar ferramentas e acessórios para a estalagem, de puxadores de portas e gavetas a lâminas de serra, Thomas consertou grades de ferro de carruagens, cata-ventos na igreja e na escola da vila e várias grades de lareira nas casas próximas à estalagem. Thomas, criado em uma vila de fazendeiros, silvicultores e pastores de cabras, não tinha experiência real em forjar ou consertar armas e armaduras. No entanto, conforme carruagem após carruagem parava na estalagem, mais ele se via solicitado a consertar lâminas, porretes de ferro, marretas, escudos, couraças, elmos e machados. Ele deixou claro para todos os seus clientes que só poderia fazer pequenos reparos e recusou alguns clientes em potencial cujas espadas exigiam reparos extensos. Ele não queria mandar um guerreiro para a batalha apenas para ter a lâmina que ele retrabalhou quebrando durante o combate. Grier, enquanto isso, arrecadou uma quantidade enorme de moedas e os ferreiros locais não deixaram de notar.

CAPÍTULO QUATRO

— Aquele garoto está tornando nossas vidas miseráveis, Grier — amaldiçoou Kurtis Applemeyer enquanto ele e dois outros ferreiros da vila cercavam o dono da estalagem do lado de fora da porta de entrada principal. Eles estavam cobertos de fuligem, com expressões azedas e com marretas apoiadas em seus ombros, então Grier sabia que a negociação estava fora de questão. Ele esperou o ultimato coletivo deles, seu estômago já empurrando o café da manhã para fora.

— Com os preços que o aspirante a ferreiro está cobrando, estou perdendo negócios a torto e a direito, e os clientes que estão voltando estão ficando mesquinhos sobre o quanto estão dispostos a pagar! — Kurtis continuou. — Esse menino não é digno de ser meu aprendiz, muito menos de afirmar que é ferreiro! Aposto cinco moedas de prata que o trabalho dele não dura um mês.

— Vou aceitar a proposta. — A voz de Thomas cortou o ar como um vento ártico no início do outono. Todos se voltaram para o jovem ferreiro sem camisa, cada um deles tendo visto mais de vinte verões a mais que Thomas. É verdade que o trabalho duro havia transformado aqueles anciões em comerciantes musculosos e de pele áspera. No entanto, Thomas, dotado de juventude e já tendo passado anos trabalhando com martelo e ferro, era alguns centímetros mais alto do que qualquer um deles. Além do mais, com seu físico em plena exibição, não havia dúvida de que Thomas era o homem mais forte presente e, ao contrário dos outros ferreiros empunhando martelos de forja de dois quilos, Thomas facilmente ergueu um martelo de quatro quilos e meio, algo que não passou despercebido. Demorou vários momentos para Kurtis e seus companheiros se recuperarem enquanto Thomas apenas sorria.

— Você está roubando nosso negócio, filho — disse Kurtis. — E pretendemos acabar com isso. Você não é bem-vindo aqui.

— Engraçado, amigo, não me lembro de ter pedido sua permissão para estar aqui — disse Thomas andando até que estivesse nariz a nariz com o homem. — E você com certeza não é meu pai, seu porco covarde, então não se atreva a me chamar de *filho*. Eu deveria dar uma surra na sua bunda só por causa dessa brincadeira. — Thomas então jogou seu martelo de forja no chão antes de descansar as mãos nos quadris, como se estivesse prestes a ensinar alguns truques da vila. Em resposta, Kurtis rapidamente recuou enquanto os outros ferreiros se entreolhavam, claramente mais hesitantes em se juntar à tentativa.

— Tenho nada contra vocês — continuou Thomas. — Estarei aqui apenas mais algumas semanas para descansar antes de ir para o leste. Nunca planejei ficar mais de um mês. Mas vocês, meninos, devem saber que passei a gostar de Grier e de sua esposa, como um tio e uma tia há muito perdidos. Se eu sentisse que eles estavam em perigo por causa de vocês três, eu poderia, simplesmente, sentir a necessidade de estender minha estadia para cuidar deles. Isso é algo que eu vou precisar fazer?

Todos os homens disseram não em voz baixa, balançando a cabeça enquanto pensavam em como desfazer todo o encontro.

— Agora, vim aqui para ganhar algumas moedas e descansar para uma longa viagem. Eu não tinha a intenção de incomodar nenhum de vocês. Além de pequenos reparos que qualquer hóspede da pousada precise, com certeza irei encaminhá-los a todos vocês. Quanto à reclamação dos preços, bem, isso cabe a vocês. Talvez tenham cobrado demais ou talvez tenham sido imparciais ao lidar com os moradores da vila. Decobrir isso cabe a vocês. Mas este homem aqui — disse Thomas antes de apontar para Grier. — Ele é um homem melhor que todos nós e está constantemente redirecionando seus clientes para suas lojas. Eu o ouvi. Só trabalhei com as coisas pequenas que tinha imaginado que prefeririam não perder tempo. Vou me certificar de ficar longe dos moradores da vila e apenas ajudar os hóspedes da pousada. Parece bom? — Um "Sim!" abafado pôde ser ouvido sob as respirações deles. — Bem, tudo bem, então. Suspeito que vocês, rapazes, tenham coisas melhores para fazer. — Sem mais insistência e sem dizer uma palavra, os ferreiros da vila partiram. Thomas deu uma piscadinha para Grier antes de pegar seu martelo e marchar para sua forja.

———

Embalados por fortes ventos setentrionais, a neve e um frio ártico se instalaram sobre a vila, deixando poucas dúvidas de que o mundo inteiro havia congelado. Dentro da estalagem, hóspedes e moradores da vila se alegravam com o calor, a comida e a música oferecida. Boas novas e conforto mais do que compensavam as terríveis condições lá de fora. Thomas nada queria com as comemorações. Em vez disso, ele se encolheu no celeiro ao lado da pequena lareira que seus aposentos ofereciam. Não querendo abusar da generosidade de Grier, Thomas reuniu e armazenou uma quantidade enorme de lenha, principalmente de árvores caídas nas florestas vizinhas. Quase todos os dias, ele empurrava o carrinho de mão da estalagem e passava meia hora recolhendo toda a lenha que podia. Então, quando os ocupantes da estalagem dormiam, Thomas apreciava seu fogo.

Às vezes, quando o dia havia sido especialmente longo e cansativo, Thomas acendia o fogo, carregava-o com uma boa porção de toras robustas e então dormia. Essas eram as noites ruins. As noites após um dia produtivo eram aquelas em que Thomas continuava alimentando o fogo e apenas relaxando ao som da madeira crepitante e do vento uivante que soprava através das madeiras em chamas. Naquela noite de tempestade, sua meditação não ocorreria.

— Uma moeda de cobre por seus pensamentos — disse Grier, mais do que surpreendendo Thomas, que havia se agachado perto do fogo e estava olhando hipnotizado para as chamas.

— Grier! Estou... estou apenas aproveitando o fogo.

— Há algumas fogueiras lá dentro também, junto com alguns cantores, um pouco de sidra quente e algumas senhoritas com quem eu acho que você gostaria de dançar uma ou duas vezes. — Thomas sorriu. Grier e sua esposa tentaram muitas vezes juntá-lo a uma das senhoritas da vila.

— Agradeço a intenção, mas estou bem aqui. — Grier assentiu, claramente ele esperava essa resposta do ferreiro, e então estendeu uma garrafa de uísque. Thomas sorriu antes de estender um copo que guardava em seus aposentos. Primeiro cheirando a bebida, ele tomou um gole e depois fechou os olhos, absorvendo o sabor e o efeito dela. — Tenho que admitir isso a você, Grier. Você encontra uísques melhores do que meu pai costumava encontrar.

— Isso não é uma tarefa difícil — respondeu Grier antes de pegar um banquinho de ordenha próximo para se sentar. — Faço vários comerciantes virem aqui mensalmente com várias bebidas caseiras. Por um preço reduzido pelos quartos, recebo direitos privilegiados em suas lojas de bebidas e, ao longo dos anos, aprendi quais cidades e vilas produzem os melhores uísques e cervejas. — O dono da estalagem ficou então em silêncio, olhando para o fogo. — Você passa muito tempo olhando para as chamas, rapaz. Está procurando por respostas ou tentando manter uma memória? — Thomas riu antes de responder.

— Um pouco dos dois, eu acho. Meu pai e eu costumávamos fazer uma fogueira do lado de fora. Mamãe se juntava a nós de vez em quando, mas geralmente papai e eu apenas conversávamos por horas noite adentro. Na verdade, era ele quem falava a maior parte do tempo, contando-me sobre as travessuras que tinha feito quando era mais jovem. Deus, meus avós tinham trabalho com ele, vou dizer.

— Uma das melhores formas de aprender.

— O quê?

— Ouvir as calamidades e erros dos mais velhos. É uma das melhores maneiras de aprender o que não fazer. — Thomas assentiu enquanto sua atenção se voltava às chamas.

— Tenho tentado aceitar a ideia de que nunca mais vou ouvir sua voz ou suas histórias. — Ele tomou outro gole de uísque e fechou os olhos, tentando não deixar a melancolia dominá-lo novamente.

— Você vai ouvi-lo novamente, Thomas. Principalmente em sonhos, e um dia, quando seu tempo aqui terminar, você verá seus pais mais uma vez. Até lá, embora você tenha apenas um verdadeiro papai, você terá vários outros pais, velhos cuja sabedoria o guiará. Tire um tempo para ouvir os outros enquanto as chamas queimam. — O ferreiro sorriu e acenou com a cabeça.

— Me diga, você estava falando sério esta manhã, sobre ir embora? Achei que você estava gostando da nossa vila.

— Eu definitivamente gostei da minha estadia com você e sua esposa. Os moradores têm sido tão agradáveis quanto, em sua maioria.

— Sim, bem, esta manhã foi minha culpa, não sua. Eu deveria ter imaginado que os ferreiros da vila ficariam um pouco irritados por eu interferir nos negócios deles. Embora, devo dizer, foi bom dar uma chacoalhada neles. Eu agradeço por você ter me defendido esta manhã. Você com certeza os assustou. — Ele riu um pouco antes de tomar um gole do uísque.

— Eles não pareciam tão ruins, considerando tudo. Ainda assim, me diga se eles vierem bisbilhotar novamente.

— Eu certamente farei isso. Quanto a você, por que a necessidade de ir embora?

— Ao leste há aventuras, pelo menos é o que meu pai sempre dizia.

— Meu pai fez algumas missões quando jovem. Ele me disse que foi longe o suficiente para chegar ao oceano Malneck, na costa leste. Não tenho certeza do quanto disso é verdade; meu velho sabia como contar uma história. — Ele ficou em silêncio, sorrindo e balançando a cabeça como se estivesse conversando internamente com seu pai. — Então, você está procurando por riqueza e fama, não é?

— Não exatamente. Meus pais morreram cuidando dos doentes. Eles merecem ser lembrados em canções e contos. Mas, quando eu me for, quem vai se lembrar deles? Não, eu viajo para o leste para fazer a diferença, para mudar vidas, para que as pessoas se lembrem de que meus pais criaram uma criança que fez algo, assim como eles.

— Quem dera meus filhos pensassem o mesmo. Então, meu querido ferreiro, quais eram os nomes dos seus pais?

— Eddy e Maureen — respondeu Thomas, sempre orgulhoso deles.

— Thomas Eddyson — respondeu Grier. — É aí que você começa. Comece uma nova árvore genealógica, por assim dizer, Thomas, filho de Eddy.

CAPÍTULO CINCO

Thomas manteve-se fiel à sua palavra, consertando as coisas para a estalagem e seus hóspedes enquanto direcionava os moradores aos ferreiros da vila. Claro, ele passou um tempo instruindo os moradores sobre o que perguntar e dando-lhes perguntas importantes a fazer antes de entregar as moedas por qualquer trabalho feito. Ele certamente encorajou a perguntar sobre alguma garantia caso os reparos de algum dos ferreiros falhassem de alguma forma. De certa forma, foi uma pequena piada ou uma forma de ser o último a rir, pois, verdade seja dita, ele ainda estava zangado com a forma como os ferreiros trataram Grier.

Na maior parte do tempo, seus dias eram gastos retrabalhando pedaços de ferro que ele havia encontrado no barril e produzindo pregos, machados de caçador, estacas e outras ferramentas que ele imaginava que alguns viajantes poderiam precisar. Grier eventualmente até montou uma exposição com as mercadorias no balcão da recepção que ele havia feito para a sua esposa quando abriram a estalagem. As vendas eram baixas, mas Grier ganhou uma quantia mais do que suficiente para cobrir quaisquer despesas incorridas por ter Thomas em sua equipe. Algumas semanas, as vendas das ferramentas de Thomas cobriram os custos de todos os funcionários da pousada.

Foram quase três semanas de neve e chuva após o confronto com os ferreiros da vila quando uma carruagem chegou, trazendo um grupo de abastados que pensavam pouco da estalagem e menos ainda do cocheiro. Thomas podia ouvi-los tagarelando sobre a viagem dura e a falta de conforto que a carruagem oferecia. Foi mais tarde naquela manhã que Thomas finalmente se aventurou a encontrar o cocheiro no topo da carruagem tentando martelar um prego, empunhando um machado-martelo em vez de uma marreta. Ele podia ouvir os xingamentos suaves do cocheiro enquanto subia a carruagem.

— Devo dizer que é a primeira vez que vejo um machado-martelo sendo usado para consertar um teto. — disse Thomas enquanto olhava para o cocheiro bastante magro. O homem de meia-idade olhou para Thomas antes de voltar seu foco para o trabalho em mãos.

— Sim, bem, o teto foi danificado durante uma tempestade, e eu pensei que os reparos que fiz durariam até o final do mês, mas uma combinação de estradas irregulares e tempestades de granizo tornaram as coisas insuportáveis. Para piorar as coisas, um vândalo fugiu com minha caixa de ferramentas algumas vilas atrás. Fiquei apenas com esse machado para trabalhar e alguns pregos que o dono da última estalagem me deu. — O cocheiro, vestido com calça de tecido grosso e uma camisa de algodão cinza, ambas as roupas se aproximando do fim de suas vidas, parecia derrotado. Ele parou de martelar para enxugar o suor da testa. — Tive de usar minha jaqueta de couro como lona improvisada, juntamente com minhas roupas de viagem para ajudar a limitar a chuva que caía sobre meus passageiros pouco compreensivos. Bastardos, todos eles. — O cocheiro falou a última parte em voz baixa, mas ainda assim, olhou ao redor para verificar se havia algum bisbilhoteiro.

— O dono da carruagem não lhe deu dinheiro para despesas de emergência?

— Eu sou o dono, azarado que sou. Eu tinha um bom dinheiro, mas perdi um pouco em jogos e o resto foi gasto para pagar as refeições complementares dos meus passageiros, dadas as suas queixas. Choramingas, merdas ingratas que são. — Ele voltou ao seu trabalho sem dizer outra palavra. Thomas entendeu a dica e saiu, voltando para o celeiro. Ele não ficou muito tempo lá. Quase quinze minutos depois, o ferreiro voltou com uma escada e, usando um cinto de ferramentas com bolsos contendo pregos, um martelo de bola, dois cinzéis, alicate e um furador. Ele subiu no teto da carruagem em instantes e avaliou as coisas que necessitavam de reparo.

— Tenho madeira para substituir as telhas e uma lona para você guardar em caso de futuras emergências. Além disso, eu poderia lhe dar algumas ferramentas para ajudá-lo até que você possa recuperar suas ferramentas e suprimentos.

— E quanto isso tudo vai me custar?

— Que tal eu simplesmente tirar esse machado-martelo de suas mãos e ficarmos quites? — O homem olhou para o machado por um segundo.

— Você faria tudo isso por essa porcaria?

— Sim, senhor.

— Então, temos um acordo. Meu nome é Timothy.

— E eu sou Thomas — Os dois apertaram as mãos antes de irem ao celeiro buscar madeira para as telhas novas. Os reparos em si levaram menos de uma hora para serem concluídos. O problema real era a falta de ferramentas e suporte físico de Timothy para fazer os reparos. Depois de terminarem, eles voltaram para o celeiro, onde Thomas entregou o cinto de ferramentas que usava, com ferramentas e tudo. Ele então forneceu a Timothy madeiras para futuros reparos, uma jarra cheia de pregos e um machado barbudo.

— O machado deve ser útil no caso de futuros vândalos — disse Thomas, sorrindo. — Se você não tem mais moedas, como vai pagar pelo quarto na estalagem?

— Eu não vou. Tenho dormido na carruagem e pescado para comer. — Thomas havia suspeitado.

— Esta noite você pode dormir no celeiro com um pouco de feno fresco, e eu vou arranjar uma boa refeição do dono da estalagem. Você também pode pedir à empregada daqui para lavar e costurar suas roupas. — Timothy ficou mais do que satisfeito com a ajuda oferecida. O plano era partir ao nascer do sol do dia seguinte, o que dava tempo para Timothy descansar. Ele não descansou por muito tempo. Pegando o carrinho de mão, ele se dirigiu à floresta e juntou lenha para a lareira. Ele acabou fazendo várias viagens e, quando terminou, conseguiu lenha suficiente para manter o fogo aceso por algumas semanas. Enquanto isso, Thomas começou a trabalhar no machado-martelo.

Uma vez que a forja estava pronta, Thomas começou a retrabalhar a cabeça do objeto, de machado-martelo a martelo de guerra. A parte martelo não precisava de conserto. Quanto a parte machado da ferramenta, Thomas martelou até que ficasse com um ponta afiada, perfeita para perfurar armadura, placa, cota de malha ou couro. Adicionando um cabo de nogueira de setenta e cinco centímetros, Thomas se viu armado com um martelo de cerca de três quilos para ajudar em qualquer encontro nada amigável que pudesse ocorrer nas estradas a seguir.

— Muito bom trabalho, senhor — disse Timothy, trazendo sua última carga e encontrando Thomas balançando o martelo de guerra para ajustar seu peso e equilíbrio. O ferreiro sorriu.

— O dono da estalagem trouxe um pouco de presunto, pão e hidromel para você. Faça uma pausa e coma, depois disso, podemos dar uma olhada em sua carruagem e finalizar o que for necessário. Talvez deixemos seus passageiros mais confortáveis. — Após o almoço tardio, os dois homens inspecionaram a carruagem, onde encontraram várias ferragens que ainda precisavam de ajustes. Os ajustes proporcionaram uma viagem melhor, mas seus passageiros pareciam encontrar outras coisas para reclamar. À noite, após um farto jantar de frango assado e batatas, Thomas e Timothy voltaram ao celeiro onde conversaram brevemente antes de irem dormir um pouco mais cedo do que de costume; ambos estavam exaustos, dado o dia de trabalho que haviam concluído. Pela manhã, Timothy tomou um banho antes de vestir suas boas roupas e um casado de couro. Ele parecia mais do que ansioso para tirar os trapos que havia usado nos últimos dias.

— Aqui está, para sua viagem — disse Thomas, entregando-lhe um saco de alimentos e uma pequena bolsa que tilintou quando ele a levantou. — Apenas algumas moedas de prata para caso você queira comer algo além de peixe no caminho.

— Não sei como agradecer, Thomas. Seus pais fizeram um ótimo trabalho. — Timothy e seus passageiros partiram logo após o nascer do sol, todos deliciados com as refeições e camas macias que Grier havia fornecido. Mesmo os mais rabugentos da comitiva de Timothy ficaram muito agradecidos com a escolha do cocheiro. Horas depois que a noite caiu e o jantar terminou, Grier se viu vagando pelo celeiro onde Thomas tinha um fogo alto ainda aceso. O dono da estalagem, como sempre, carregava uma garrafa de uísque, junto com um frasco de estanho bem menor, este enfiado no bolso. Sem dizer uma palavra, ele caminhou até o ferreiro e entregou a garrafa.

— Estava esperando que você passasse por aqui — disse Thomas enquanto servia meia xícara da bebida de cor âmbar.

— Bem, eu esperava tomar um ou dois últimos goles com você antes que fosse embora — respondeu Grier enquanto se sentava em seu banquinho de ordenha antes de tomar um gole direto da garrafa.

— Como você sabia que eu estava indo embora?

— Eu vi você dar sua moeda ao cocheiro. Agora armado com aquele martelo de guerra de aparência nada amigável, suspeitei que na hora do almoço você estaria se preparando para sair. Para leste, imagino?

— Pensei em sair logo após o nascer do sol, enquanto os outros estão ocupados com o trabalho. Assim, talvez eu evite longas despedidas.

— E perder alguma das empregadas tentando convencê-lo a ficar? — Thomas assentiu. — Bem, se você pretende ir, vai precisar disso. — Ele jogou o frasco de estanho para Thomas.

— Preenchido com o meu melhor, então modere seus goles. — Mais uma vez, Thomas assentiu antes de colocar o frasco no chão ao lado de sua mochila. Com isso, Grier se levantou e estendeu a mão. — Será sempre bem-vindo aqui, Thomas. Então, quando seus dias de viagem terminarem, adoraríamos vê-lo de volta aqui. — Depois de um aperto firme de mãos, o dono da estalagem foi embora. Não muito depois, a esposa de Grier apareceu com um saco cheio de comida para a viagem, alguns bolos de sementes, meio pão de forma, um pouco de charque suíno e um saquinho com passas e nozes. Depois de dar um grande abraço no ferreiro e um beijo na bochecha, ela saiu, com lágrimas escorrendo. Thomas, querendo evitar mais lágrimas, saiu quando o sol espreitava no horizonte.

CAPÍTULO SEIS

Com o martelo de ferreiro amarrado no cinto e o de guerra apoiado no ombro, Thomas viajou para o leste com a mochila cheia até a borda. O peso de sua mochila era um pouco demais para carregar no início da jornada, mas diminuía, a cada refeição que passava. Embora ele não soubesse se para o bem ou para o mal.

Continuando pela Estrada da Rainha, Thomas manteve um bom ritmo, fazendo apenas pequenas pausas para descansar e beber um pouco de água. Ele amaldiçoou a si mesmo por ter trazido apenas um odre, mas após uma reflexão mais aprofundada durante sua caminhada naquele primeiro dia, ele imaginou que um odre cheio adicional o deixaria desequilibrado. Ele decidiu comprar um segundo odre assim que sua mochila ficasse um pouco mais leve. Assim, ele aproveitou todas as oportunidades que teve para coletar água dos riachos e lagoas que encontrava. Pela manhã, antes de desarmar o acampamento, e à noite, depois de armá-lo, ele pescava em um riacho próximo e aproveitava para descansar. Seu acampamento não chamava atenção; ele tinha apenas uma lona para fazer uma barraca básica. Desta vez, no entanto, ele havia pensado em trazer uma segunda lona menor, para usar como colchonete. A adição final foi um cobertor de lã relativamente pequeno. Muito do ar frio da noite permeava, tornando as noites frias e o sono difícil. No entanto, era o suficiente para garantir que Thomas não morresse congelado, desde que mantivesse o fogo aceso e sua tenda o mais próximo possível das chamas.

Suas viagens o levaram a entrar em florestas mais densas, lugares cheios de coelhos, marmotas, perus e veados, os quais ele tentou pegar para ter algo diferente para comer. Thomas nunca gostou muito de peixes. Infelizmente, sem um arco, abater qualquer animal era quase impossível. Um dia, ele até tentou se esconder nos arbustos com uma lança improvisada. Ele falhou miseravelmente ao tentar espetar dois coelhos durante a manhã, mas as coisas ficaram realmente feias quando ele tentou com um peru enorme. Ao ver Thomas emergir dos arbustos, o peru estufou o peito e investiu contra Thomas, cujo grito de guerra acabou se tornando apenas um grito. O ferreiro apenas correu até o peru encerrar sua perseguição uma vez que Thomas havia escalado um bordo que felizmente oferecia alguns galhos mais baixos e robustos, tornando a subida relativamente fácil. Sem fôlego, Thomas sentou-se a certa distância, ainda no meio dos galhos do bordo e observou o peru. Depois do que pareceu uma boa hora, o pássaro finalmente partiu para o oeste, permitindo que Thomas voltasse para pegar seus pertences. Naquela noite, ele comeu peixe e agradeceu por isso, renunciando à outra caçada em um futuro próximo.

Chovia, nevava e o vento aumentava um pouco às vezes, mas a cobertura das árvores protegia Thomas de muitos dos elementos da natureza. É verdade que às vezes as pernas de suas calças ficavam enlameadas, exigindo que ele lavasse as calças antes de pescar e depois secasse as roupas em uma pequena fogueira enquanto comia. Ele imaginou que dava um bom espetáculo aos peixes, roedores e pássaros de vez em quando. Duas semanas depois, na esperança de prolongar a vida útil de suas roupas até que pudesse comprar novas, ele começou a trocá-las mais vezes. Claro, isso também dependia de chegar a uma vila, o que ainda não havia acontecido. No início da terceira semana, ele havia esgotado seu suprimento de charque suíno e os bolos de semente, o que significava que, a partir daí, ele dependia de peixes e quaisquer frutas e tubérculos que encontrasse. A cada três dias ele fazia uma pausa mais longa ao meio-dia para procurar e estocar tubérculos, uma garantia para os momentos em que córregos, lagoas e outros corpos d'água não aparecessem. Isso ainda não havia acontecido, mas Thomas sabia que era apenas uma questão de tempo.

Foi em uma manhã fria, úmida e triste perto do final de sua quarta semana depois de deixar Grier que ele ouviu o grito, soando como uma donzela sendo encurralada por um bandido ou um espírito maligno. Thomas estava acordado em sua tenda quando ouviu a mulher; ele ficou de pé em um piscar de olhos, correndo a toda velocidade segurando seu martelo de ferreiro em uma mão e o de guerra na outra. Após alguns metros de corrida, Thomas entrou em uma pequena clareira na qual três tendas de lona foram montadas e ao redor das quais havia quase uma dúzia de homens vestidos com de armaduras de couro, toucas e outros cotas de malha díspares e escudos variados. Todos pararam, ficando em alerta com a chegada de Thomas à clareira. Ele aproveitou o momento de surpresa para olhar os combatentes. Uma pessoa estava esparramada no chão perto das tendas, uma poça de sangue envolvendo o torso do homem. Perto dele estavam três jovens vestidos com mantos de lã bordô. Eles pareciam estar em um impasse com seis homens armados com espadas curtas, um dos quais segurava um jovem rapaz também vestindo um manto bordô. O jovem estava em lágrimas, uma lâmina em sua garganta. Todos naquela clareira pareciam magros de fome. O ferreiro se perguntou como alguns deles conseguiram energia para ficarem de pé.

— Lá se vai a donzela em perigo — disse Thomas, ainda avaliando o que fazer a seguir.

— Você! — alguém cuspiu. Então, entre os bandidos que não usavam bordô, surgiu o corpulento aspirante a cobrador de impostos, visivelmente mancando e com o joelho direito enfaixado.

— Seis contra quatro parece um pouco injusto — disse Thomas. A presença do homem corpulento deixou claro o caminho a seguir; ele ajudaria aqueles com os mantos bordô.

— Quem é esse idiota? — perguntou um dos homens com o aspirante a cobrador de impostos.

— Você fala com sua mãe assim? — respondeu Thomas.

— Talvez seja com sua mãe que eu deveria conversar. — Isso foi uma coisa realmente estúpida para dizer. Sem hesitar, Thomas jogou seu martelo de ferreiro, certeiramente atingindo o homem que ameaçou sua mãe no osso frontal entre os olhos. O bandido estava morto antes de atingir o chão. Na confusão, o jovem detido mordeu com força a mão do bandido que o segurava e, com uma manobra rápida, ele estava livre e de pé entre seus amigos.

— Agora, cinco contra cinco... Isso é um pouco mais justo. Você não concorda? — Thomas, com ambas as mãos apertando seu martelo de guerra, falou diretamente para o homem corpulento, o ferreiro carrancudo e com um toque de raiva em sua voz. — Eu disse que mataria você se nos encontrássemos novamente.

— Venha me pegar, então — gritou o homem corpulento

enquanto manobrava desajeitadamente atrás de seus homens. O primeiro encontro de Thomas com o homem corpulento não deixou tempo para realmente pensar nas coisas; o ferreiro simplesmente atacou. Desta vez, transformou-se em uma batalha completa, a primeira de muitas. Dois dos homens atacaram Thomas enquanto os outros lutavam com os jovens de mantos bordô. Sem escolha a não ser deixar seus possíveis aliados com suas próprias forças e armas, Thomas correu em direção aos dois bandidos que se aproximavam. Esquivando-se de um golpe de espada, Thomas acertou um homem na mandíbula. Ele então usou o cabo de seu martelo para desviar o golpe da espada de outro bandido. O bandido, que claramente não era um espadachim, avançou deixando uma abertura a qual Thomas usou para bater nas costas do homem. CRACK! Uma vez no chão, Thomas martelou o crânio do homem, como um pedaço de ferro. Ele esmagou o crânio de seu inimigo, o som de osso quebrando e matéria cerebral espirrando sendo além de repugnante. No entanto, no calor da luta, nem mesmo o respingo de sangue conseguiu deter Thomas naquele momento. Ele se virou e correu para os outros.

O próprio homem corpulento havia se envolvido com uma jovem de longos cabelos castanhos. O tamanho do homem corpulento deveria ter dado a ele uma clara vantagem sobre a jovem, mas armada apenas com um bastão, ela dançava enquanto acertava bons golpes no estômago de seu adversário. Ele grunhia cada vez que ela o acertava, e cada golpe minou mais de sua força. Os demais bandidos estavam se saindo melhor, empurrando os jovens para trás a cada momento que passava. Um membro da equipe bordô, armado com uma espada curta e escudo, estava indo ok contra seu oponente, mas os outros dois, ambos armados com bastões, sofriam muito. Foi para esse que Thomas voltou sua atenção.

— Experimente alguém do seu tamanho, covarde! — exclamou Thomas. O bandido se virou e encarou Thomas depois de ver o ferreiro acenar para os outros. Embora armado apenas com uma espada curta, o bandido tinha uma vantagem porque carregava um escudo e, com o cabo do martelo de Thomas relativamente curto, a falta de uma lâmina mais longa não era tanto uma preocupação. De sua parte, o bandido cortou o ombro esquerdo de Thomas duas vezes, ao mesmo tempo em que desferiu um golpe de raspão na perna direita do ferreiro. Com ambos exaustos, ninguém parecia capaz de sobreviver ao encontro. Foi o trabalho de ferreiro que o ajudou. Martelando ferro dia após dia, Thomas tinha uma resistência muito superior à de qualquer um naquele lugar. Depois de uma estocada errante da parte de seu oponente, Thomas bateu com o martelo no centro do escudo, quebrando o objeto de madeira, o antebraço mantendo-o no ar. Então sem um segundo de hesitação, enquanto o homem cambaleava para trás, Thomas investiu e desferiu um golpe sólido na cabeça do homem, bem quando ele estava recuperando o equilíbrio. O bandido caído se contorceu no chão por alguns segundos antes que a morte viesse.

Sem fôlego, ele olhou para ver como os outros estavam. A jovem verificava seu camarada que estava em uma poça de seu próprio sangue, o homem morto antes mesmo de Thomas chegar. Os outros três cercaram o homem corpulento que estava caído no chão, o inimigo de Thomas claramente estava lutando para respirar.

— O que fazemos? — Um dos que manejava os bastões perguntou, o mais baixo com o cabelo loiro desgrenhado.

— Como diabos eu deveria saber? — rosnou o claro guerreiro do grupo. Com seu escudo muito danificado, ele parecia inquieto em se aproximar de seu inimigo, mesmo caído como estava o homem corpulento.

— Esse é meu — disse Thomas, colocando-se entre o guerreiro e o pretenso inimigo. Soltando seu martelo de guerra, ele pegou uma das espadas curtas de um dos homens caídos e se aproximou do homem corpulento.

— Em nome da Rainha, eu Thomas, filho de Eddy, condeno você à morte. Pegue sua espada e vamos acabar com isso. — Seu inimigo se levantou, lentamente, segurando firme a própria espada.

— *Neydis!* — O homem corpulento exclamou enquanto atacava de repente. Thomas sentiu tristeza por suas ações antes mesmo de tomá-las. Evitando o golpe de seu adversário, Thomas cortou a garganta do homem, infligindo uma ferida através da qual o sangue do homem corpulento espirrou. O aspirante a cobrador de impostos caiu imediatamente.

— Que Deus tenha misericórdia de sua alma — disse Thomas antes de jogar sua espada no chão.

CAPÍTULO SETE

O nome dela era Haley, e ela lembrava a Thomas uma das filhas do padeiro da vila da Seneca. Aquela jovem, Beth, havia sucumbido à praga que levou seus pais. Beth ajudou a cuidar de seus pais e de outros idosos sem parar para se preocupar com a possibilidade de ela mesma ser infectada. Antes da doença, Beth trabalhava na padaria do pai, levando pães e tortas para os idosos e também para quem estava sobrecarregado e precisava de uma ajuda extra. Thomas precisou de sua ajuda em várias ocasiões; ela era como uma irmãzinha. Haley parecia da mesma natureza.

Ela era a curandeira do grupo e não perdeu tempo em enfaixar as feridas de todos, até mesmo de Thomas, antes mesmo de considerar os arranhões e cortes que ela mesma havia sofrido durante o conflito.

— Aguente firme, Thomas — ela advertiu enquanto trabalhava em seu braço direito, em que um corte profundo havia sido feito. — Isso vai doer um pouco. — Ele grunhiu, suportando a dor o melhor que pôde enquanto ela suturava seu braço. Foram necessários sete pontos para fechar o corte.

— Apresse-se com essa água, Jeffrey! — ela gritou para o rapaz loiro com a voz alta e esganiçada. Ele corria de um lado para o outro entre o acampamento, o riacho próximo e quem quer que Haley estivesse suturando no momento. Os olhos azul-celeste e o rosto infantil do menino remetiam à inocência, mas pela maneira como ele olhava nervosamente ao redor em resposta a qualquer som da floresta, Thomas imaginou que ele era um andarilho cheio de malícia.

Os outros dois, entretanto, afastaram-se da batalha. Sully, o guerreiro do grupo, começou a juntar pedras planas para construir um túmulo para seu amigo falecido, cujo nome era Algren. Algren, ele próprio um guerreiro iniciante, era primo de Sully. Haley havia dito que os dois eram quase gêmeos com o mesmo cabelo castanho, olhos castanho-escuros e características faciais chocantemente semelhantes. O rosto e o cabelo eram os mesmos, era verdade, mas Thomas nunca viu os olhos de Algren. O último do grupo era Siegfried, um sujeito alto com o cabelo preto como carvão e penetrantes olhos azuis. Depois que Haley remendou Siegfried, o homem caminhou até sua tenda e começou a vasculhar uma mochila.

— Você deveria estar verificando Sully — disse Thomas, seus olhos focados no jovem guerreiro lidando com a perda de um membro da família, essa era uma dor que ainda atormentava o ferreiro.

— Ele está bem, apenas com alguns cortes — respondeu Haley. — Além disso, ele pediu que eu o deixasse para que ele pudesse cuidar do Algren. — Não muito depois de sua resposta, ela deu uma olhada em Thomas, certificando-se de que todas as feridas haviam sido limpas, tratadas com uma pomada que ela carregava e enfaixadas. — Acho que você vai se recuperar. — Ela tinha o sorriso mais positivo que ele já havia visto. Ela foi então ao acampamento avaliar Siegfried melhor. Thomas, entretanto, levantou-se e recuperou seu martelo de guerra e o martelo de ferreiro antes de se juntar a Sully.

— Eu realmente sinto muito, Sully. Deixe-me ajudá-lo. — Os dois homens se olharam, muito brevemente. Lágrimas brotavam dos olhos de Sully, mas nenhuma ainda ousara descer pelo rosto do guerreiro. Em silêncio, os dois coletaram pedras suficientes para enterrar os mortos.

— De todos nós, ele era o que mais queria essa aventura, uma chance de deixar nossa marca — disse Sully assim que terminaram de juntar as pedras. Ele se ajoelhou ao lado de seu primo e usou água em conjunto com um pano para limpar a sujeira do rosto de dele.

— Foi sua primeira aventura, não foi? — Sully assentiu em resposta. — Jeffrey! — gritou Thomas. O garoto loiro correu ao chamado de Thomas e ficou entre Sully e o ferreiro em menos de um minuto. — Então, você é o curioso do grupo?

— O que, senhor? — respondeu o jovem.

— Ele está perguntando educadamente se você é o ladino do nosso grupo — interrompeu Sully. — A resposta é sim, principalmente porque ele pode arrombar qualquer fechadura que você der a ele.

— Eu não diria ladino — disse Jeffrey, claramente ofendido com a avaliação do guerreiro. — Eu consigo lidar com as melhores delas!

— Sem dúvidas, jovem senhor — disse Thomas com um sorriso malicioso. — Vamos deixar que você seja o investigador do grupo, certo?

— Eu gosto disso, investigador. — O jovem pareceu crescer cinco centímetros a mais com a mudança de título.

— Tenho um trabalho importante para o investigador, se você estiver disposto a isso.

— Definitivamente, Thomas.

— Vasculhe nossos adversários caídos. Verifique o que eles

estão carregando e empilhe tudo no acampamento. — Jeffrey olhou rapidamente para os mortos; ele fez uma careta, mas acenou com a cabeça, aceitando o papel que sabia que caberia a ele desde o início da jornada. Ele saiu correndo sem dizer uma palavra.

— Tudo isso se resume a ouro. A vida do meu primo por ouro.

— Não posso trazer Algren de volta à vida — disse Thomas enquanto colocava a mão no ombro de Sully. — Mas podemos garantir que ele receba a parte da recompensa dele antes de enterrá-lo. — Dentro de uma hora, as investigações de Jeffrey foram concluídas, e todos se reuniram no acampamento para examinar as descobertas.

———

— Nenhuma moeda de outro em lugar nenhum — relatou Jeffrey enquanto jogava o último de seus achados na pilha. — Apenas trinta e oito moedas de cobre, quatorze de prata, anéis, um colar de dente de tubarão e uma variedade de armas e armaduras de que não precisarão mais.

— Dividam — disse Haley em uma voz não muito mais alta que um sussurro. — Em seis partes.

— Mas Algren está morto — disse Siegfried, brevemente. Ele soava com o que Thomas imaginava que um rato soaria, se os ratos pudessem falar.

— Em seis partes! — exclamou Sully. — Algren fez mais para nos ajudar do que você, mago!

— Cinco partes, Haley — disse Thomas. Sully se virou e lançou um olhar odioso para o ferreiro. — Não faço parte do grupo. Não quero fazer parte dos despojos. Mas Sully está certo. Algren merece sua parte, e vamos enterrá-lo com ela. — Thomas saiu para onde os mortos estavam sem mais uma palavra, e levando alguns momentos extras para olhar os restos mortais do homem corpulento. — Eu deveria ter te matado quando nos encontramos pela primeira vez.

— Todos nós teríamos morrido se você não tivesse intervindo, Thomas — disse Haley, quase assustando Thomas. — Você merece tanto quanto qualquer um de nós, sinceramente mais.

— Não tenho orgulho em matar. Entendo que esses homens não vão precisar de cobre e prata para onde estão indo, mas não mereço nem quero nada deste bando. Tive a chance de matar o líder meses atrás. Eu o deixei ir. — Ele então se virou para encarar a curandeira. — Quantas pessoas morreram porque eu mostrei misericórdia? — O uivo de um lobo então chamou sua atenção. — Bem, os animais também precisam comer. Volte para o acampamento, me juntarei daqui a pouco. Melhor mover esses corpos para longe do acampamento para reduzir o risco de ataque de lobos.

— Precisa de ajuda?

— Eu dou conta — respondeu ele; Haley assentiu antes de caminhar até os outros. O ferreiro foi capaz de carregar todos os mortos, exceto dois. Ele realocou os corpos certa de trinta metros ao norte, onde em uma área desprovida de grandes árvores ele os deixou cair entre grama alta, um lugar onde os raios do sol pareciam banhar grande parte do dia. Depois de arrastar os dois últimos corpos até a grama alta, ele fez uma oração para os mortos e marchou para onde Algren jazia. Sully e os outros logo se juntaram a ele. A parte do saque de Algren foi colocada em sua bolsa de cinto, após isso, Sully falou sobre a coragem e bravura do falecido. Então, depois que Haley recitou uma breve oração pelos mortos, todos eles se revezaram empilhando as pedras reunidas sobre Algren. Depois de terminarem, todos, com exceção de Sully, voltaram para suas tendas. Thomas já tinha sua própria tenda montada quando Sully se juntou a eles. O céu estava desvanecendo naquele momento e o sol começava a criar sombras sobre as árvores.

— Deveríamos acender uma fogueira — disse Sully enquanto olhava para o riacho e as árvores caídas ao redor.

— Você se importaria de compartilhar seu fogo para que eu cozinhasse um peixe ou dois? — Perguntou Thomas, não esperando nenhum problema.

— Você tem peixe? — Perguntou Siegfried, aparentemente chocado pelas palavras de Thomas.

— Não, mas não deve demorar muito para pescar algumas trutas do riacho. — Foi então que Thomas olhou verdadeiramente para os outros. Seus rostos corados, seus humores em um excessivo e coletivo desânimo, ele entendeu que as lutas daquele grupo começaram muito antes do encontro com os bandidos do homem corpulento. — Quando vocês comeram pela última vez?

— Ainda temos alguns biscoitos de bordo, mas já faz alguns dias que Algren e Sully não conseguem nada — respondeu Haley. — Eu encontrei algumas amoras ontem, mas elas não fizeram muito para satisfazer nossa fome.

— Ah, merda. — Thomas amaldiçoou suavemente. — É a primeira vez que todos vocês viajam para longe de suas casas? — Todos assentiram, o que fez o estômago do ferreiro revirar ainda mais. — Tudo bem, é tarde demais para caçar um cervo ou um peru para cozinhar, mas com certeza posso pescar alguns peixes para nos sustentar até amanhã. Também tenho algumas batatas selvagens e algumas beterrabas que podemos assar na brasa. Elas são pequenas, mas com os peixes, todos deverão estar de barriga cheia ao anoitecer. — Thomas estremeceu enquanto pescava, observando os outros lutarem para acender o fogo. De sua parte, ele pegou dois robalos do tamanho de uma mão e uma truta arco-íris do tamanho de uma adaga até que a fogueira finalmente foi acessa. Levou quase uma hora até que ele pegasse qualquer coisa, e os dois peixes adicionais eram robalos, cada um com apenas metade do tamanho dos que ele pescou antes. Siegfried provou ser valioso naquele momento, pois já havia colocado os tubérculos na brasa quando Thomas veio com os peixes. O chamado mago havia limpado os peixes e os colocado no fogo em questão de minutos. Nenhum deles carregava pratos em suas mochilas, então eles enxaguaram as pedras planas do riacho para usar como pratos. Quando a refeição ficou pronta, eles se amontoaram em silêncio junto ao fogo e saborearam a refeição, dividindo o peixe, as batatas e as beterrabas enquanto tentavam esquecer as perdas daquele dia.

CAPÍTULO OITO

Thomas sentiu uma estranha paz enquanto jantavam. O crepitar da fogueira, o calor compartilhado pelos aliados e o chamado das criaturas noturnas, pássaros e insetos, davam a impressão de que ele estava de volta a casa curtindo uma festa, fosse a celebração de algum santo ou um casamento na vila. Seus novos companheiros pareciam indispostos e certamente deslocados. Thomas se perguntou o quão importante Algren havia sido na missão deles, já que os demais pareciam mal equipados para sobreviver além das fronteiras de uma cidade bem-estabelecida. Siegfried confirmou esse palpite quando caminhou até sua barraca e voltou com sua mochila. O homem frágil lutou fortemente com o peso, e Thomas se perguntou o que esse provável enganador possuía para fazer os outros acreditarem que ele dominava as artes mágicas. Primeiro, Siegfried removeu um livro da mochila. Ele virou o livro rapidamente como se estivesse maravilhado com seus mistérios. Deixando o livro de lado, ele então removeu uma esfera de metal pontiaguda com grande dificuldade.

— Que diabos é isso? — Perguntou Thomas um pouco asperamente.

— Um estrepe explosivo — respondeu Siegfried, seu rosto repentinamente contorcido em uma expressão dolorosa de admiração.

— Não, desculpe, eu sei o que é — respondeu Thomas. — Quero dizer, por que diabos você está carregando isso por ai?

— Se entrarmos em uma batalha, posso segurá-lo para servir de escudo ou esfaquear alguém.

— Você mal consegue levantar a maldita coisa. Como você poderia empunhá-lo? — perguntou Thomas.

— Situações desesperadoras pedem medidas desesperadas. — retorquiu o mago. Thomas olhou para o céu antes de inalar e exalar uma grande quantidade de ar.

— Vou me arrepender de perguntar isso, mas por que você simplesmente não usa um escudo e uma espada curta?

— Magos não tem permissão para portar armas e armaduras — respondeu Siegfried.

— Ele tem razão — disse Sully enquanto terminava de comer a truta.

— Quem diabos inventou essa regra idiota? — Thomas estava inacreditavelmente perturbado agora.

— Tem sido considerado um grande risco dar espadas para magos em batalhas quando eles já têm acesso à magia — disse Sully. — Todo mundo sabe disso. — Siegfried já parecia considerar a discussão encerrada quando começou a retirar alguns frascos de vidro de sua mochila.

— Suponho que são componentes de magia — disse Thomas uma vez que se acalmou um pouco.

— Naturalmente.

Thomas, em resposta, descansou a cabeça na palma da mão esquerda. — Isso não pode ser real. Isto é um sonho; tem de ser. — Ele respirou fundo algumas vezes antes de continuar. — Se você é um mágico...

— Mago — corrigiu Siegfried enquanto lançava um olhar maligno para o ferreiro.

— Certo, mago. Se você é um mago, por que não usou nenhuma magia durante a luta? Melhor ainda, por que você não usou o estrepe explosivo? Foi para isso que você trouxe, certo?

— Não tive tempo de pegar o estrepe ou meus componentes de magia.

— Você percebe que provavelmente nunca terá tempo de se equipar com aquele maldito estrepe explosivo, certo? — perguntou Thomas. O mago pareceu intrigado com as palavras de Thomas.

— Sou mais do que capaz de usar um estrepe explosivo.

— Como evidenciado pela batalha de hoje e pelo fato de que você está sofrendo apenas para tentar carregar a maldita coisa mesmo sem nenhum inimigo por perto? — Thomas sorriu em escárnio após esse comentário. Siegfried parecia estar considerando profundamente as palavras de Thomas. Thomas não esperou por uma resposta. Ele se levantou, caminhou até o mago, agarrou o estrepe e o jogou no fogo.

— Ei! — gritou o mago.

— Vamos ver o que mais você tem aqui? — Thomas sugeriu enquanto pegava a mochila de Siegfried antes de retornar ao seu lugar no chão perto do fogo. Além de mais alguns frascos cheios de componentes para usar em magias, o mago tinha uma variedade de velas, alguns frascos de tinta e uma variedade de pedaços de arenito. — E as pedras são para?

— São fósseis únicos de trilobitas e caranguejos que encontramos há alguns dias.

— Eles são importantes para alguma de suas magias ou

são valiosos para que você possa vendê-los em uma vila ou cidade que encontrar?

— Bem, não. O valor deles é nos dar a oportunidade de olhar para criaturas que não existem mais — respondeu Siegfried.

— O resto de vocês tem pedras bonitas guardadas em suas mochilas? — Perguntou Thomas enquanto examinava os rostos dos outros. Sully e Jeffrey assentiram. — Tudo bem, deixe-me vê-las. — Os dois homens pegaram suas mochilas e removeram uma variedade de pedras que adquiriram durante os primeiros dias de sua jornada. — Ok. — Tomas continuou, olhando primeiro para as pedras de Jeffrey. — São pedras bonitas, e isso aqui é um bom pedaço de turquesa que você pode vender na próxima cidade. Deve render algumas moedas de prata. — O investigador da equipe parecia satisfeito. — Mas o resto disso é porcaria. Livre-se disso. Quanto a você, Sully. Para que serve isso? — Ele pegou uma das pedras cinza-escuras que o guerreiro carregava.

— É uma pederneira — disse Sully, claramente irritado com a falta de compreensão de Thomas.

— Não, chama-se sílex. Por que diabos você tem isso?

— Para fazer pontas de flechas e lanças.

— Você já não tem pontas de metal?

— Sim, mas a pedra é uma espécie de reserva caso eu fique sem pontas de metal. — Thomas queria bater em Sully e em si mesmo.

— Então, deixe-me ver se entendi. Você está carregando esses pedaços de sílex na chance de precisar fazer pontas de flechas? Você usa muitas flechas?

— Bem, eu...

— Você percebe que esta área fica ao longo de uma escarpa coberta de sílex e pederneira?

— Sim, mas...

— Você ao menos sabe fazer pontas de flechas de sílex ou pederneira?

— Bem, não, mas...

— Apenas pare — disse Thomas dispensando mais informações de Sully. — Você tem um arco e flechas, correto?

— Sully assentiu. — Ok, amanhã de manhã iremos caçar veados ou perus. Em seguida, faremos charque para a estrada e reabasteceremos nossos estoques de tubérculos. Aproveitaremos o dia para descansar; Tenho certeza de que todos nós aproveitaríamos isso. Quanto a você, mago, vamos verificar as espadas que nossos inimigos deixaram para trás e encontrar algo mais fácil de manejar do que aquele estrepe.

— Eu nunca usei uma espada...

— Você já usou o estrepe em alguma batalha? — perguntou Thomas.

— Bem não, mas...

— Então você não está pior preparado para uma luta e agora sua mochila ficará muito mais leve. Dados aos lobos e Deus sabe o que mais está lá fora, eu voto para montarmos uma vigília para a noite.

— Nós fazemos isso todas as noites — disse Sully enquanto removia mais alguns pedaços de sílex de sua mochila.

— Esplêndido. Eu vou dormir. Acordem-me quando for meu turno de vigia.

CAPÍTULO NOVE

U m farfalhar de gambá entre as ervas daninhas acordou Thomas no momento em que ele sonhava que estava pescando com seu pai. O ferreiro abriu os olhos e se viu em uma disputa de olhares fixos com o marsupial, que parecia estar mastigando algum inseto não identificado. Thomas ficou paralisado e apenas observou o animal mastigar, o som dele esmagando o exoesqueleto do inseto sendo um tanto irritante. Já o animal parecia incomodado com a presença do humano, como se dissesse: "Quem diabos te convidou aqui?"

Um momento depois, o gambá se moveu para o arbusto próximo; Thomas rolou de costas e olhou para o céu pela abertura da tenda. Nuvem alguma podia ser vista em qualquer lugar do céu, deixando as estrelas e planetas irradiarem um espetáculo de luz brilhante, como se dez mil velas fossem acesas por seres celestiais sinalizando boas-vindas à humanidade ou um aviso. Temendo o último, Thomas levantou-se, deixando sua tenda para encontrar Haley cuidando do fogo, todos os outros profundamente adormecidos, como evidenciado por roncos díspares que o faziam se perguntar como alguém poderia dormir.

— Você deveria voltar a dormir — Haley sussurrou enquanto ele se aproximava e se sentava perto do fogo. Um frio ártico pairava sobre o ar, tornando o fogo um companheiro bem-vindo no momento. As costas de Haley estavam voltadas para o fogo e ela olhava para o céu com a ajuda de uma luneta.

— Não consigo dormir, então é melhor ficar aquecido — respondeu Thomas enquanto olhava para a escuridão do espaço. — Está procurando por extraterrestres ou estrelas cadentes?

Ela riu baixinho. — Céus, não. Apenas olhando para os planetas e imaginando se alguém lá fora está olhando para mim com seu próprio telescópio.

— Isso não é pecado? — Ele brincou.

— Muito engraçado. Na verdade, foi um sacerdote do templo que nos ensinou astronomia. Eu queria me tornar bibliotecária no templo e ajudar em suas observações do cosmos.

— Mas eles não deixariam uma mulher ingressar, deixariam?

— Não, não deixariam. O sacerdote Richard lutou para que eu fosse admitida, mas os outros sacerdotes não cederam. — Ela virou a luneta de latão em suas mãos, maravilhada com sua simplicidade e funcionalidade. — Ele me deu isso há dois verões. Disse que eu deveria continuar meus estudos e encontrar respostas para minhas perguntas.

— Suas perguntas? Tipo, o planeta é plano ou redondo?

Ela sorriu com a piada dele. Poucos ainda questionavam se o mundo era redondo. — Na verdade, é um esferoide, não redondo — disse ela enquanto estendia a luneta e olhava para as constelações mais brilhantes.

Thomas riu baixinho. — Ainda espero que haja um mundo

inteiro de criaturas vivendo sob o solo, gigantes lutando por algum antigo artefato de poder. — Ela lançou-lhe um olhar decepcionado. — Estou apenas brincado. Então, por que você começou a viajar com eles?

— Somos todos da mesma cidade e temos o mesmo problema.

— E o problema é?

— Irmãos demais. Éramos os mais novos de casas ricas com muitas crianças. Todos nós fomos enviados, sem um tostão, ao templo. Meus camaradas seriam sacerdotes enquanto eu seria uma irmã. Nenhum de nós gostou da ideia, então decidimos nos tornar aventureiros. — Thomas assentiu, entendendo muito bem como as crianças às vezes eram pressionadas a ter vidas com as quais não estavam muito felizes. — Foi o mesmo para você? — ela perguntou.

— Não, não exatamente. Nossa vila era perfeita, até que uma praga dizimou todos menos alguns de nós. Ficamos sem um lar ou meios para sustentar os que sobreviveram. Sem família e sem forja para trabalhar, pensei em ir e ver algo do mundo. — Ele deixou por isso mesmo, e ela não pressionou.

— Bem, estou feliz que você apareceu. Não acho que teríamos sobrevivido ao ataque de ontem e eu certamente sei que não teríamos uma refeição tão farta se você não tivesse aparecido.

Thomas sorriu. — Bem, se você está acordado — continuou ela —, estou indo para a cama. Siegfried tem a próxima e última vigília. — E, sem mais uma palavra, Haley estava indo à sua tenda e em pouco tempo, roncando levemente como os outros. Thomas sorriu enquanto o ronco continuava, como se cada um dos quatro adormecidos estivesse roncando em harmonia com sua própria melodia dissonante. Colocando mais duas toras no fogo, ele decidiu não acordar o mago, imaginando que todos precisavam dormir.

Thomas chegou a conclusão que ele era o mais descansado e bem alimentado do grupo e, francamente, Siegfried parecia um defunto. Quando o sol finalmente apareceu por cima das árvores e expulsou a escuridão, Haley e os outros encontraram Thomas organizando as espadas e escudos que seus inimigos haviam deixado para trás.

— Vou pescar alguns peixes para o café da manhã — disse Thomas enquanto pegava seu equipamento de pesca. — Olhem essas espadas e escudos. Se o aço deles for melhor do que o que vocês tem, joguem fora o seu e peguem o deles. — Com isso, ele caminhou em direção ao riacho. Ninguém se movimentou muito senão para alimentar o fogo. Eles conversaram ainda menos, ninguém havia aceitado ainda a morte de Algren e a quase perda de suas próprias vidas. Thomas voltou em pouco tempo carregando três trutas arco-íris e um robalo.

— Vocês vão ter de dividir. — disse ele enquanto colocava os peixes no chão ao lado do fogo. — Onde está aquele seu arco, Sully? — O guerreiro pareceu intrigado com o pedido. — Se você tem pontas de flecha, precisa ter um arco, pelo menos é o que eu espero.

— Sim, é claro. — Ele mergulhou em sua tenda e saiu com um arco e uma aljava, o último cheio com sete flechas. — Aqui está. O que você vai fazer com isso?

— Bem, não consigo me ver batendo em um cervo ou um peru com meu martelo. Não há como eles me deixarem chegar tão perto. — Ele então olhou para as flechas; penas faltando, hastes não tão retas e as pontas precisavam ser afiadas. — Quando eu voltar, temos de conversar, Sully. Volto daqui a pouco. — Passaram-se várias horas antes que o ferreiro voltasse, mas ele não voltou com as mãos vazias. Um veado foi pendurado em suas costas e um coelho gordo amarrado à carcaça do animal, fazendo o grupo salivar com a ideia de uma boa porção de carne para a refeição da noite.

— Encontramos algumas batatas e algumas rutabagas perto daquele grupo de pinheiro ao sul — disse Jeffrey, ansioso. Ele e Haley estavam preparando os tubérculos para a fogueira noturna quando Thomas voltou. Demorou um bom tempo para transformar a carcaça em espetos sobre o fogo, posicionados com o uso de estacas feitas de galhos de bordo recém-cortados. Thomas também cortou tiras finas de carne de veado, que depois espetou em um palito que colocou próximo ao fogo para fazer charque. Foi a sua primeira vez, mas ele percebeu que não poderia ser pior do que viver de robalos.

O resto do dia foi gasto com Siegfried, Jeffrey e Haley cuidando do jantar e do charque, enquanto Thomas e Sully trabalhavam na afiação das pontas de flechas e armas. Eles se sentaram para jantar pouco antes do anoitecer, todos cansados pelo longo dia de trabalho. Entre o coelho e o veado, eles tinham mais do que o suficiente para encher todas as barrigas e decidiram deixar os restos sobre o fogo para guardar até a manhã para o desjejum.

— Então, aonde vocês estão indo agora? — Thomas perguntou enquanto cortava uma fatia de carne de veado. O grupo, que estava conversando sobre lembranças tolas, ficou em silêncio quase instantaneamente. — Vocês tem algum plano? — ele perguntou enquanto examinava os rostos dos outros. Os olhos deles estavam fixos, como os de um cachorro quando é pego agarrando uma costeleta de porco.

— Há uma cidade, alguns dias a sudeste — disse Haley antes de olhar para Sully, que assentiu para ela. — É a cidade de Pourmere. Pensamos em reabastecer nossos estoques antes de fazer qualquer outro plano.

— Olha, eu não me importo, sejam qual forem suas diretrizes — respondeu Thomas, olhando para Sully. — Vou ajudá-los a chegar a Pourmere; vocêm poderiam precisar de uma mão extra. Uma vez lá, deixarei vocês em paz. Parece bom? — Todos eles assentiram depois de uma troca de olhares. — Bom. Siegfried, você será o primeiro a vigiar esta noite.

— Eu? — perguntou Siegfried.

Thomas olhou e franziu a testa para o mago, que rapidamente desviou o olhar. — Enquanto você faz a vigia — acrescentou Thomas —, pegue uma daquelas espadas curtas e maneje. Sinta. Sully pode começar a ensiná-lo a lutar com lâminas. — Siegfried assentiu antes de se levantar para buscar a espada que havia escolhido e colocado em sua tenda.

— Armar Siegfried com uma espada — sussurrou Sully. — Há uma razão pela qual magos não podem ter armas. Eu não gosto disso.

— Ele é seu amigo — respondeu Thomas. — Você está dizendo que não confia na lealdade dele?

— Claro que não.

— Então me deixe perguntar uma coisa. Digamos que seu "mago" esteja sem magias e seu cajado esteja quebrado, todos vocês o querem sem meios de se defender ou defender vocês? Quero dizer, além de gritar maldições para alguém empunhando uma espada larga. — Ninguém disse uma palavra. — Você já o viu conjurar uma magia durante todo o tempo que você o conhece? — Silêncio. — As únicas histórias que ouvi sobre usuários de magia são de trapaceiros incendiando pós e líquidos inflamáveis. Fumaça e espelhos, tudo isso. Se você o vir conjurar uma bola de fogo, me avise. Então falaremos sobre confiscar a espada dele. Com isso eu encerro a noite.

CAPÍTULO DEZ

Uma mistura pesada de chuva e neve contribuiu para uma marcha miserável para o sul. Além das botas sujas de lama gelada, suas roupas estavam bastante salpicadas, assim como cada pedacinho de pele exposta. À noite, eles revezavam a guarda enquanto mantinham uma fogueira bem abastecida, para se aquecer e como um aliada adicional caso uma matilha de lobos passasse. A exaustão do encontro com a ralé que eles haviam lutado ainda minava suas forças. Os companheiros de Thomas discutiam sobre quem tinha sido seu inimigo, mudando o que eles chamavam de inimigos indesejados para "criminosos", "malfeitores", "bandidos", ou "ladrões" de forma rotativa. O ferreiro apenas considerava os homens mortos, o que era tudo o que importava para ele. Seis dias e seis noites se passaram antes que eles avistassem uma cidade no meio da tarde do sétimo dia.

— Se Algren estava certo, deve ser a cidade de Pourmere — disse Sully enquanto eles se reuniam para dar uma olhada, todos sonhando com banhos quentes, comidas saborosas e camas macias.

— Vamos lá — disse Thomas enquanto se dirigia à cidade. — O dia não é uma criança. — A cidade carecia de qualquer cerca de perímetro ou outras medidas defensivas. Para Thomas, parecia nada mais do que uma gigantesca vila. Ele manteve sua avaliação para si mesmo, não querendo ofender seus novos amigos, pois eles haviam descrito seu destino como bem fortalecido e cheio de oportunidades. Pourmere não era nada disso.

A cidade tinha uma estrada principal, bem apinhada, mas lamacenta nas margens. Enquanto a via principal se estendia por uns bons cento e oitenta metros, com uma variedade de prédios pequenos e grandes de cada lado, no final a estrada virava para o leste. Por enquanto, um lugar para ficar, se limpar e descansar era a prioridade número um. Isso os levou rapidamente à estalagem Crestfield, mais ou menos na metade da rua.

— Bem, nós chegamos — disse Siegfried enquanto tirava sua mochila com um grande suspiro.

— Obrigada, Thomas — disse Haley então, estendendo a mão para o seu companheiro temporário.

— Foi um prazer, irmãzinha — disse Thomas, apertando sua mão. Os outros foram um pouco irritantes, mas ela fez a caminhada parecer que ele estava se aventurando com amigos e familiares. — Bem, eu não sei vocês, mas eu estou indo arranjar um banho, uma boa refeição e uma bela noite de sono. Tomem cuidado lá fora. — Sem dizer mais uma palavra, ele entrou na estalagem enquanto Sully falava sobre os próximos passos com os outros. A avaliação de Thomas começou imediatamente, logo após o momento em que ele agarrou a maçaneta da porta da estalagem.

O prédio em si tinha três andares e era construído com troncos robustos e manchados de vermelho com telhas feitas de argila espessa. Thomas duvidava que até mesmo o mais forte furacão ou tempestade de neve pudesse destruí-lo. No interior, tapetes de pele de urso cobriam os pisos enquanto painéis de madeira decoravam cada centímetro da parede. Quanto à escada principal da estalagem, mais uma vez haviam sido lavrados troncos robustos para ela, e Thomas duvidava que precisasse de qualquer manutenção tão cedo. No entanto, ele notou que os corrimões de ferro estavam gastos e um pouco enferrujados aqui e ali. Um deles também parecia avariado; ele não precisava puxar o corrimão para saber que as peças que os prendiam precisavam de reparos. Foi então que ele dobrou uma esquina e viu dois homens conversando, um atrás de uma mesa. Este havia visto incontáveis verões — era velho, com cabelos grisalhos curtos e um cavanhaque bem aparado. O outro homem parecia estar na meia-idade, vários centímetros mais baixo que Thomas, e era pelo menos sete centímetros mais alto que o homem atrás da mesa. O alto da dupla tinha cabelos pretos grisalhos e uma barba que parecia bastante desgrenhada.

— Boa noite, cavalheiros — disse Thomas, interrompendo a conversa. Ambos os homens ficaram em silêncio e olharam, olhos arregalados e carrancudos para o ferreiro.

— E quem diabos é você? — perguntou o homem mais alto. Thomas não deixou de notar o homem agarrar o punho da espada amarrada à cintura.

— Apenas um ferreiro, procurando uma refeição quente e um lugar para descansar a cabeça. — Thomas puxou o manto para mostrar o martelo de ferreiro preso à cintura. Ele esperava que aquela ferramenta de seu ofício fizesse com que os dois estranhos ignorassem o martelo de guerra que ele carregava.

— Meu nome é Thomas. Sou da vila de Seneca, a noroeste daqui.

— Meu nome é xerife Gleason — respondeu o homem alto, enquanto soltava o punho de sua espada e estendia a mão para Thomas. — Prazer em conhecê-lo. — Thomas apertou a mão de Gleason antes de acenar para o homem mais baixo.

— Pelo que sei — acrescentou o xerife —, Seneca é uma cidade fantasma agora, com a peste e tudo. Importa de me dizer como está respirando quando o resto de Seneca morreu?

— Mais do que alguns que sobreviveram à doença, xerife. Eu sou um dos cerca de trinta que passaram por isso. O resto viajou para o oeste para encontrar um novo lar.

— Se o que o xerife me disse for verdade, talvez você prefira ter ido com eles — disse o outro homem. — Eu sou Wilkins, o dono da estalagem, e você vai encontrar pessoas um pouco receosas com estranhos agora.

— Vocês tiveram problemas com viajantes ultimamente? — Thomas perguntou antes de colocar sua mochila no chão.

— Há rumores de uma guilda de ladrões das cidades ao norte enviando bandidos para testar os mercados, por assim dizer — disse Gleason. — Eles se autodenominam a "Guilda de Neydis". — Thomas se arrepiou. — Acredito que você conheça essa guilda.

— Encontrei alguns bandidos enquanto viajava. O único homem com quem lutei gritou o nome "Neydis" quando atacava.

— Meu Deus, eles estão realmente vindo para cá? — perguntou Wilkins, o idoso arrasado com a notícia, com a confirmação do relatório terrível do xerife.

— Ele não vai aparecer por aqui — disse Thomas enquanto descansava seu martelo de guerra na mesa. — Ele e seus amigos estão tirando uma boa soneca, e não vão acordar.

— Fico feliz em ouvir isso, filho — disse o xerife. — Mas você prefira ficar quieto sobre isso. A última coisa de que você precisa é uma guilda de ladrões atrás de você querendo vingança.

— Quantos você matou? — perguntou Wilkins.

— Não estava sozinho, senhores. Eu me deparei com um pequeno grupo que estava sendo atacado por esses ladrões. Eu me juntei a eles na luta. Eles perderam um deles para a Guilda de Neydis. Eles estão fora da estalagem no momento; suspeito que logo estarão procurando um quarto como eu.

— Você traz boas novas, Thomas, mas temo que estou lotado; não há quarto para alugar.

— Achei provável, mas também notei que você precisa cuidar de algumas coisas. Você me deixaria dormir em seu celeiro em troca de eu trabalhar na estalagem por alguns dias? Tenho moedas para pagar as refeições.

— Definitivamente seria útil a ajuda de um ferreiro, mas o celeiro é um pouquinho pequeno para você, especialmente se seus amigos se juntarem — respondeu Wilkins.

— Tendo passado as últimas semanas morando em uma tenda, qualquer lugar com teto seria uma mudança bem-vinda — disse Thomas.

— É o seguinte. Como impediu aqueles bandidos de nos alcançarem, você ganha duas refeições por dia de graça, mas seus amigos terão de pagar pelas deles. Eles podem dormir no celeiro, no entanto. — Como se fosse uma deixa, Sully e os outros apareceram.

— Acho que chegamos a um acordo — disse Thomas enquanto sorria e apertava a mão do dono da estalagem.

———

Os camaradas de Thomas ficaram emocionados por ele ter providenciado para que eles tivessem um teto sobre suas cabeças, mesmo que por alguns dias. Sully, Haley e companhia ficaram menos entusiasmados com as camas da acomodação, no entanto.

— Você sempre pode armar uma tenda na floresta, se quiser — comentou Thomas depois que Jeffrey fez alguns comentários pouco educados sobre o celeiro. De sua parte, Thomas apenas sorriu enquanto conduzia os outros para o recesso interno do celeiro. Na verdade, a própria estrutura era espaçosa, mais do que ele havia imaginado, dada a preocupação de Wilkins. O problema era a companhia: porcos, galinhas, três vacas e uma cabra indisciplinada que mais tarde descobriram que havia acabado de se acocorar no celeiro. Ninguém tinha ideia de onde a cabra havia vindo. Eles só sabiam que se ela não fosse alimentada ou se alguém tentasse afugentá-la, a cabra morderia todo mundo.

Havia uma espécie de oficina com a menor forja que Thomas já havia visto, e ele já havia visto várias. Depois de deixar seu equipamento na oficina, ele fez uma verificação de estoque no local. Carvão, aço e martelos em abundância, porém, com base nas camadas de poeira sobre o local, o ferreiro percebeu que já fazia algum tempo que ninguém usava a oficina. Deixando sua mochila e manto na oficina, Thomas voltou aos outros para encontrá-los arrumando pilhas de feno para dormir.

— Você é o último da festa, Thomas — disse Siegfried enquanto se sentava em sua pilha de feno selecionada. — Você vai dormir perto do chiqueiro dos porcos.

— Isso é engraçado, considerando que vocês só estão aqui por minha causa — respondeu Thomas antes de olhar para Haley e Sully. — Vou dormir na oficina enquanto estamos todos aqui. Por enquanto, tenho de fazer as rondas e ver o que precisa ser consertado. Vejo vocês no jantar. — Sem mais uma palavra, Thomas partiu para o trabalho.

Levando quase uma hora para inspecionar a propriedade e questionar a equipe da pousada, Thomas elaborou uma lista mental de projetos a concluir nos próximos dias. Ele foi com tudo no primeiro, pegando pregos e outras ferragens para prender o corrimão solto da escada principal. Esse pequeno conserto foi frustrante, pois alguém já havia tentado estabilizar o corrimão com uma abundância de pregos e cola de couro. Empregando as habilidades de carpintaria aprendidas ao ajudar seu pai em casa e com madeira e ferragens do celeiro, ele removeu a grade e trabalhou no reparo dos suportes de estrutura danificados atrás dos painéis de madeira que Wilkins colocou sobre quase tudo. Depois que os suportes foram consertados e os painéis recolocados, Thomas recolocou o corrimão, feliz porque o corrimão em si não precisava de reparos além de um pouco de lixa onde a ferrugem aparecia. Então, depois de lixá-la, ele limpou a sujeira de seu trabalho no momento em que os hóspedes da pousada começaram a descer para o jantar.

Voltando ao celeiro, ele deixou seus suprimentos e sobras de madeira na oficina antes de correr para buscar um balde e ir para trás do celeiro, onde Wilkins havia-lhe dito que ficava o poço da pousada. Ao voltar com água, encontrou seus novos amigos em uma discussão acalorada sobre os planos de viagem. Eles se calaram um pouco quando ele chegou, mas todos começaram a tagarelar assim que ele saiu do alcance da voz e entrou na oficina. Cantarolando uma canção que sua mãe costumava cantar, Thomas lavou-se e trocou de roupa. Assim que ele terminou, ele juntou-se aos outros.

— Vamos jantar — disse ele ao sair do celeiro; os outros o seguiram. A área de jantar e a taberna adjacente estavam lotadas de convidados e garçonetes, elas se movimentando facilmente por entre a multidão, claramente acostumadas a dançar essa música. Thomas e os outros sentaram-se num trecho do banco, no momento em que Jeffrey puxou um conjunto de dados, um com trinta lados e feito de cerejeira. Foi esse o dado que ele lançou sobre a mesa; Haley e os outros apenas balançaram a cabeça enquanto esperavam por uma garçonete.

— Que diabos? — perguntou Thomas, observando o dado parar com o número vinte e um na parte superior.

— Por favor, nem pergunte — respondeu Sully.

— Droga! — praguejou Jeffrey ao colocar o dado de volta na bolsa em que o guardava. — Eu estava esperando por frango. — Thomas ergueu as sobrancelhas e olhou para Haley.

— Ele adora jogar dados e deixar o destino decidir seu caminho — respondeu Haley sorrindo antes de olhar novamente para Jeffrey e balançar a cabeça.

— O que é a vida sem aleatoriedade? — respondeu Jeffrey. — Isso dá sabor à nossa existência mundana.

— Meu querido ferreiro! — exclamou Wilkins, interrompendo o discurso filosófico de Jeffrey. Thomas não poderia ter ficado mais feliz. — Seu trabalho naquele corrimão ficou extraordinário. Nunca pensei ver aquilo firme novamente. Os carpinteiros locais queriam ouro para trabalhar nele, uma quantia que a maioria desta cidade não pode pagar. — Thomas não tinha dúvidas de que Wilkins poderia arcar com os custos, dada à estalagem lotada.

— Fico feliz em poder ajudar — disse Thomas, apertando a mão estendida do dono da estalagem.

— Deixe-me pegar algo para você beber — disse Wilkins. — Do que você gostaria?

— Eu não me importaria com um pouco de uísque.

— Feito. Volto já. Um dos meus garçons vai cuidar de seus amigos em um minuto. — O dono da estalagem saiu antes que os outros pudessem dizer uma palavra. Ele voltou momentos depois com uma garrafa e um copo. — Uma garrafa cheia para você, Thomas! Aproveitem suas refeições, pessoal — Uma garçonete estava lá segundos depois, anotando os pedidos de bebida de seus companheiros. Rompendo com os protocolos sociais dos pais, Thomas abriu o uísque, encheu metade do copo e deu um gole de bom tamanho sem esperar que os outros bebessem.

— Esse é um bom uísque — disse ele enquanto fechava os olhos e saboreava a bebida. Ele então abriu os olhos e ofereceu a garrafa para Haley e os outros, mas eles recusaram. Segundos depois, a garçonete voltou com uma bandeja com quatro canecas de cerveja. Então, depois de recitar uma lista de pratos especiais, ela anotou os pedidos e pegou o pagamento antes de sair para a área da cozinha. O silêncio então reinou enquanto Haley, Sully, Jeffrey e Siegfried bebiam suas cervejas, cada um fazendo uma careta a cada gole. Thomas sorriu por dentro, pois ele também nunca gostou do sabor de cerveja. As refeições logo chegaram, todos tendo escolhido ensopado de veado com bastante cenoura e nabo.

— Podemos pedir um jarro de água? — perguntou Thomas, imaginando que seus companheiros prefeririam. Ele, por exemplo, sempre preferia terminar a noite com água, de preferência de um riacho corrente. Eles comeram em silêncio, Siegfried constantemente esfaqueando o pedaço de carne de veado como se estivesse em busca de insetos ou mofo ou alguma adição nada saborosa. Se algum dos outros tivesse mostrado uma hesitação semelhante, Thomas teria os assegurado do bom serviço da estalagem; essa era a única forma de as estalagens durarem fora da cidade. Mas como o aspirante a mago – ou feiticeiro – era teimoso, Thomas ficou quieto.

— Posso te servir mais ensopado ou um pouco de torta? —

perguntou a garçonete mais tarde, cuidando do novo ferreiro da pousada. Ele dispensou o segundo ensopado, mas ficou mais do que feliz em provar a torta de cereja recém-assada que estava disponível. Os outros também pediram torta, mas isso custou-lhes alguns cobres. Então, com a refeição terminada e as barrigas cheias, Thomas quebrou o silêncio.

— Então, alguma ideia de aonde vocês vão? — Ele tomou um gole de uísque antes de olhar para cada um de seus companheiros. — Então? — Eles se entreolharam, aparentemente trocando palavras telepaticamente.

— Apenas diga a ele, Sully — disse Haley, finalmente. O guerreiro olhou para a curandeira antes de olhar para Thomas, que apenas sorriu.

— Escute — disse Thomas antes de tomar outro gole de uísque. — Você não precisa dizer uma maldita palavra, mas se todos continuarem brigando por coisas como o que aconteceu no celeiro mais cedo, vão armar suas tendas longe daqui. Suas brigas vão manter os porcos guinchando a noite toda, e eu gostaria de um sono longo e ininterrupto. — Thomas, apenas alguns anos mais velho do que qualquer um deles, de repente se sentiu um patriarca, como um adulto cuidando de crianças rebeldes procurando problemas.

— Por que simplesmente não contamos a ele? — perguntou Jeffrey a Sully. O jovem recebeu um olhar ainda mais mortal de Sully.

— Muito bem, mas lembre-se do que eu disse. Fique de boca fechada e não me incomode. — Com isso, Thomas esvaziou o copo antes de enchê-lo novamente até a metade.

— E qual é o seu plano, Thomas? — perguntou Sully antes de beber de sua caneca ainda meio cheia de cerveja. Ele engasgou imediatamente com a bebida. Thomas, mostrando grande maturidade e força de caráter, riu apenas por dentro.

Ele então respondeu a Sully para diminuir o constrangimento que ele sabia que assombraria o guerreiro por algum tempo.

— Sinceramente, eu não tinha planejado muito além de viajar para o leste e ver o mundo, pegando trabalho quando possível para manter minha bolsa tilintando. Eu esperava encontrar alguma aventura, suponho, mas certamente não esperava encontrar inimigos e batalhar tão cedo. Neste momento, minha maior preocupação é manter minha mente ocupada. Suponho que nenhum de vocês conheça a sensação de perder toda a sua família e todas as pessoas que conheceu. Ou conhecem?

— Não, não conhecemos — respondeu Sully enquanto os outros balançavam a cabeça.

— Escutem, eu entendo a preocupação com confiar em um cara que vocês acabaram de conhecer. Francamente, gostei da companhia de vocês. Se estamos indo na mesma direção, prefiro nossas sortes viajando juntas. Eu, pelo menos, poderia aproveitar da companhia. Como sem dúvidas seguiremos caminhos separados em algum momento, não vejo necessidade de você me contar sobre seus planos. Perdoe-me por ser curioso. — Ele tomou mais um gole de uísque. — Esse é dos bons.

— Algren soube de uma série de fortalezas e cavernas abandonadas que outrora abrigaram patronos ricos e... criaturas — sussurrou Sully após um olhar de Haley, que claramente queria a orientação de Thomas. — Ele encontrou alguns pergaminhos na biblioteca onde trabalhava como contador. Ele pensou que poderíamos investigar os lugares e ver se poderíamos encontrar algum tesouro esquecido.

— E você está usando mapas para guiá-los, imagino? — Todos eles se entreolharam. — Ai, Deus — disse Thomas, tomando outro gole de uísque. — Então, deixe-me ver se entendi. Vocês se aventuraram para longe de casa sem mapas, e o único membro do seu grupo que tinha alguma pista do paradeiro dessas masmorras está morto?

— Bem... Nós sabíamos que os locais estavam todos no sudeste — comentou Siegfried, sua arrogância mais uma vez emergindo.

— Merda — Thomas xingou baixinho. — Eu vou precisar de outra garrafa de uísque.

CAPÍTULO ONZE

E le se sentiu completamente inútil no início de tudo. Ele não pôde salvar seus pais ou os outros moradores da vila que sucumbiram à praga, nem teve qualquer noção real de uma direção que não fosse o leste. Acrescentando ao fato de que agora ele estava viajando para o sudeste, Thomas sentiu que estava falhando de certa forma. Dito isso, ele era um ferreiro habilidoso, o que significava que provavelmente poderia encontrar trabalho em qualquer cidade ou vila. Seus novos companheiros, entretanto, eram como peixes fora d'água. Eles vieram de famílias ricas, mas aparentemente foram expulsos sem fundos. Quanto às habilidades, eles foram treinados em tarefas administrativas gerais, não nas habilidades necessárias fora das grandes cidades. Thomas, experiente em martelar coisas, pelo menos tinha a musculatura e o armamento para esmagar as coisas, especialmente quando estava com raiva. A habilidade de Sully na esgrima certamente era adequada, mas ele era jovem e estava longe de ser um espadachim experiente. Haley também parecia especialista em empunhar um cajado, mas Jeffrey e Siegfried eram relativamente inúteis em uma luta. A revelação da falta de um plano real deu a Thomas um vislumbre de direção para o momento.

— Bem, vou para a cama — disse ele, deixando um cobre na mesa para a garçonete antes de esvaziar o copo uísque e depois se servir de água. Finalmente, pegando a garrafa de uísque e saindo para a noite fria, ele voltou para o celeiro. Primeiro fazendo as necessidades do lado de fora do prédio, Thomas foi até a oficina onde se enrolou em seu cobertor, adormecendo profundamente. Seu sono estava longe de ser tranquilo. Imagens do homem corpulento, ensanguentado e morto, dançaram em sua mente juntamente com memórias de sua casa em chamas e dos moradores da vila, mortos e alinhados para o enterro. Foi o som de passos silenciosos que felizmente o tirou de seus pesadelos. Com uma leve dor de cabeça, ele apertou os olhos na escuridão para ver o que o acordou.

— Sinto muito por incomodá-lo — sussurrou Haley, sua voz clara, mas baixa. Ela então afastou a mão da chama da vela que segurava, iluminando seu rosto e ombros.

— Está tudo bem, irmãzinha? — ele perguntou enquanto se sentava e apertava o cobertor em volta dele para lutar contra o frio. Ao longe, ele ouviu alguns porcos guinchando e o que ele imaginou ser a cabra se mexendo.

— Sully e eu conversamos depois que os outros adormeceram. Olha... Nós sabemos que estamos fora da nossa zona de conforto e realmente precisamos de alguma ajuda. — Ela parou de falar como se procurasse as palavras certas. — Você consideraria se juntar a nós?

— Com Sully no comando, eu imagino? — Ela assentiu. — Escuta, vocês não são os únicos se aventurando em um novo território. Estou sozinho aqui e ter companheiros para viajar parece muito melhor do que a alternativa. Mas, temos muito a descobrir e colocar no lugar antes de seguirmos em frente. Estou pronto para me juntar a vocês, mas vamos ter de acertar os detalhes para não ficarmos perdidos. Concorda?

— Concordo — disse ela com a sugestão de um sorriso.

— Tudo bem, eu preciso dormir. Vamos conversar mais pela manhã. — Haley assentiu e rapidamente desapareceu na escuridão.

— Que diabos estou fazendo? — Thomas perguntou a si mesmo, xingando silenciosamente enquanto descansava em seu cobertor no chão da oficina. Ele então se virou, rezando para não ter concordado com o que ele havia concordado.

―――――

Era uma manhã surpreendentemente quente, o sol brilhando com orgulho e nenhuma nuvem à vista. Thomas agradeceu pelo calor. Ele nem pensou que isso fosse bom presságio para o início de sua missão com os outros. Tais pensamentos eram contos de fadas que ele havia abandonado há muito tempo. Ele pulou o café da manhã para começar a consertar algumas ferraduras antes de enfrentar tarefas mais árduas na própria estalagem. Enquanto os outros saíam para tomar café, ele pediu a Sully para ficar e discutir um plano e o lugar de Thomas no grupo.

— Eu entendo que é o seu grupo — disse Thomas quando eles se encontraram na floresta fora do terreno da estalagem. — Mas, entenda bem, não sou garoto de recados de ninguém. Eu vou respeitar você a cada passo do caminho. Vou compartilhar meus pensamentos com você em particular quando tiver dúvidas e vou aceitar que sou o cara novo. Mas, se me desrespeitar, vou bater em você antes de deixá-lo sozinho. Parece justo? — Sully assentiu antes de os dois apertarem as mãos. — Ah, quanto a Siegfried, por mais que eu saiba que você preferiria que ele estivesse desarmado, a realidade é que ele precisa saber lutar, principalmente com lâminas. — A expressão de Sully ficou severa. — Estou ganhando dinheiro trabalhando duro durante o dia, você precisa gastar esse tempo treinando Siegfried e Jeffrey. Eles precisam ser capazes de ficar lado a lado conosco.

— Você realmente quer que eu treine um ladino e um mago?

— Você tem uma ideia melhor?

Sully pensou seriamente sobre a pergunta do ferreiro. — Não, Thomas. Estou apenas tentando entender uma ideia que vai contra cada fibra do meu ser. — O guerreiro andou por alguns momentos em uma silenciosa reflexão. Ontem, Thomas teria imaginado que era doloroso para Sully usar o cérebro, mas agora ele via vislumbres das habilidades de liderança que Haley e os outros disseram que estavam lá. — Vou treiná-los; os dois. — Ele então ficou cara a cara com o ferreiro. — Se algo acontecer... a culpa é sua.

— Tudo bem, eu aceito isso — disse Thomas sem perder o ritmo. — Mas você vai ficar me devendo uma moeda de ouro para cada vez que um deles nos salvar com uma faca ou uma espada. — Após um segundo de contemplação, Sully assentiu antes de os dois apertaram as mãos mais uma vez.

— Ah, é bom ver vocês se dando bem — disse Haley. Ela parecia uma dríade emergindo magicamente da cobertura de salgueiros e arbustos. — Não parem de conversar por minha causa; faço parte desta equipe tanto quanto qualquer um de vocês.

— Então, qual é o nosso próximo passo? — perguntou Sully, voltando sua atenção para Thomas.

— Precisamos acertar as coisas. Primeiro, precisamos de um destino. Certamente o povo da cidade conhece ruínas próximas e fortalezas abandonadas com rumores de esconderijos de ouro e joias.

— Vamos simplesmente sair por aí perguntando? — perguntou Sully, uma pitada de frustração em sua voz.

— Claro que não — respondeu Thomas. — Andar por aí como estranhos perguntando sobre tesouros escondidos e ruínas é a maneira certa de fazer com que os habitantes da cidade nos expulsem. Não há como eles compartilharem histórias conosco, não desse jeito. Precisamos ganhar a confiança deles e ser um pouco sorrateiros ao escutar.

— Acredito que você saiba como fazer isso? — perguntou Haley. Ela sabia muito bem que Thomas tinha um plano para seguir em frente.

— Então, continuamos dormindo no celeiro, rezando para ouvir uma história sobre uma masmorra cheia de tesouros, pagando pelas refeições até que nosso dinheiro acabe — latiu Sully para Thomas. — Quanto tempo você acha que duraríamos?

Thomas limpou a garganta antes de responder. — Bem, é aí que improvisamos — respondeu o ferreiro. — As pessoas tendem a ficar chateadas quando pensam que você está espionando. E como você disse, Sully, você tem um limite de moedas. Vou falar com o dono da estalagem e ver se consigo empregos para vocês como garçons. Ele não vai pagar, mas talvez ofereça refeições, café da manhã e jantar grátis. Enquanto isso, vou continuar trabalhando em consertar as coisas. Meu trabalho deve mais do que compensar as refeições que ele fornece.

— Você quer que eu sirva refeições para esses camponeses? — exigiu Sully com raiva.

— Entenda assim, Sully — disse Thomas, erguendo as

mãos e diminuindo o tom na tentativa de neutralizar o momento. — Vocês quatro não são mais senhores e senhoritas de casas ricas. Vocês escolheram deixar a segurança de seus lares e entrar no mundo mais amplo. No mundo real, longe das propriedades dos ricos, as pessoas vivem vidas difíceis, muitas vezes trabalhando em empregos de merda por salários de merda. Precisamos encontrar uma maneira de colocar comida na mesa e manter um teto sobre nossas cabeças enquanto esperamos que alguém escorregue e mencione alguma ruína que possamos investigar. Você sabe a diferença entre cerveja, hidromel e uísque? — A pergunta de Thomas foi dirigida ao guerreiro.

— É claro!

— Então vou ver se o dono da estalagem aceita você como garçom. As pessoas afeiçoam-se rapidamente com garçons e, com um pouco de álcool para soltar os lábios, podemos ter sorte e obter algumas informações mais cedo do que o esperado.

— E os outros? — perguntou Haley.

— Jeffrey daria um bom lavador de pratos, eu acho. Tenho certeza de que há outros empregos que o dono da estalagem pode encontrar para o garoto. Quanto a Siegfried, quero que sirva às mesas. Isso pode ajudá-lo a diminuir sua arrogância.

— Acha que eu deveria servir mesas também? — perguntou Haley, cruzando os braços de repente, seu tom com um ar letal.

— Claro que não, Haley — respondeu Thomas. — A cidade tem uma igreja que preciso que você investigue. Informe aos sacerdotes que você está estudando para se tornar irmã e gostaria de continuar seus estudos enquanto estiver na cidade.

— Então você está querendo me mandar para um convento?

— Não, irmãzinha. Preciso de você vasculhando os arquivos deles. Eles devem ter registros em algum lugar, e esses registros podem fornecer pistas sobre fortalezas e masmorras na região. Precisamos de sua leitura crítica e habilidade de pesquisa.

— Por que ela não cuida do bar e eu vou para a igreja? — perguntou Sully.

— Eu não acho que a igreja seja o seu lugar, Sully.

Haley sorriu com a resposta de Thomas.

———

— Então por que deveríamos servir às mesas? — perguntou Siegfried com desdém.

— Duas razões, meu caro mágico... — respondeu Thomas.

— Mago! — cuspiu Siegfried.

— Certo. Perdão. Primeiro, é mais fácil ouvir as conversas quando você faz parte do cenário. As pessoas tendem a ignorar os garçons quando estão comendo e bebendo. Isso vai-lhe dar a chance de ouvir coisas.

— Qual é a segunda razão? — perguntou Sully.

— Enquanto *você* possivelmente encontre trabalho como guarda para alguma caravana ou banco, o resto não tem potencial real de ganho. Se nunca encontrarmos um único tesouro, pelo menos você aprenderá uma habilidade para usar onde quer que vá. Estou apenas dizendo. — Isso pôs fim a novas discussões. Jeffrey já estava na cozinha, lavando pratos e panelas e ajudando os cozinheiros a prepararem a comida do jantar. Wilkins também deixou os outros ajudarem, Sully servindo bebidas e Siegfried servindo mesas. O mago derrubou algumas coisas na primeira noite, pratos e canecas principalmente, mas na segunda noite, ele aprendeu a carregar menos e fazer mais viagens. Ele reclamava veementemente todas as manhãs antes de ir servir a multidão do café da manhã, mas estava cansado demais para reclamar o resto do dia ou durante a noite, pois Wilkins fazia Siegfried trabalhar como nunca havia trabalhado.

Haley basicamente sumia depois de comer um pouco de mingau e alguns queques de milhos todas as manhãs. Os sacerdotes e irmãs da igreja da cidade permitiram que ela continuasse seus estudos dos textos sagrados que eram guardados em uma pequena biblioteca anexa à própria igreja. Levando velas fornecidas por Thomas, Haley sentava-se em uma mesa o dia inteiro lendo os volumes contidos na biblioteca e, como o ferreiro havia presumido, a biblioteca continha livros que incluíam registros contábeis da igreja e da própria cidade. No segundo dia, ela aprendeu o quão ruim era o trabalho que a cidade fazia ao administrar suas finanças e quem entre os antigos líderes da cidade parecia ter enchido seus próprios cofres com uma ou duas moedas de ouro errantes. Quanto a Thomas, ele manteve sua rotina de atender às necessidades da estalagem. Um dia, isso significou até mesmo ajudar Wilkins a consertar o banheiro principal da pousada. Por respeito aos companheiros, dormiu perto dos porcos e deixou que os outros se acomodassem na oficina até que terminasse aquela obra. À noite, depois de terminar a casinha, Thomas pulou o jantar para tomar um banho bem demorado. Mesmo quando a água da banheira esfriou, ele continuou esfregando cada centímetro de seu corpo, acabando com uma barra inteira de sabão. Naquela noite, ele voltou do banho e encontrou seu cobertor na área da oficina, onde Haley havia colocado uma tigela de ensopado e três queques de milho para ele. Ele aproveitou a refeição enquanto os outros dormiam ao seu redor. Tomando um gole de uísque, Thomas se preparou para dormir, feliz por não estar mais sozinho. Claro, ele ainda queria bater em Siegfried algumas vezes por dia, mas, apesar de tudo, seus companheiros estavam se tornando seus amigos. Além de não ter que fazer nenhum trabalho externo adicional, foi assim que as próximas três semanas se passaram.

CAPÍTULO DOZE

A necessidade de roupas novas surgiu como a primeira despesa essencial. Trabalhar dentro e ao redor da estalagem deixavam os homens do grupo fedendo. Com apenas dois conjuntos de roupas cada um, Jeffrey, Thomas, Sully e Siegfried compraram novas calças, camisas, meias e roupas íntimas na costureira local. A compra custou a eles a maior parte das reservas iniciais de moedas do grupo, mas, para Haley e seu nariz, foi um dinheiro bem gasto. Quanto às finanças do grupo, o trabalho de Sully como garçom valeu a pena desde o início. Claro, ele não estava recebendo nada de Wilkins por seu tempo servindo bebidas, mas conseguiu manter as gorjetas que os clientes deixavam. Sendo o rapaz jovem e musculoso que ele era, muitas senhoras certamente passavam algum tempo conversando com ele e deixando moedas de cobre em abundância. Os veteranos também deixavam uma gorjeta aqui e ali, enquanto Sully ouvia pacientemente suas histórias e dava conselhos sábios de vez em quando. Sinceramente, Sully geralmente apenas acenava com a cabeça para os clientes enquanto eles tagarelavam. Foi na terceira noite que Sully ouviu pela primeira vez a menção das terras fronteiriças do sul e das missões que muitos faziam pela região.

— Há uma velha fortaleza lá embaixo aonde jovens como você viajam em busca de ouro e outros enfeites — murmurou o xerife Gleason entre goles de cerveja. O chefe da polícia da cidade terminava todas as noites na pousada, geralmente precisando ser carregado por um ou mais de seus companheiros, dada a embriaguez. — Crianças tolas. Não há ouro sobrando lá, exceto pelas moedas que os próprios aventureiros prestes a morrer deixaram cair. Sempre há alguns para encontrar, mas é mais provável que eles carreguem cobre, não prata ou ouro. Claro, os kobolds que frequentam as ruínas provavelmente pegam qualquer coisa que os aventureiros rebeldes derrubarem, logo depois de matá-los, quero dizer. — O xerife virou a bebida e Sully certificou-se de que uma nova caneca estivesse pronta bem a tempo.

— Kobolds? Quantos? — perguntou Sully, tentando não parecer interessado.

— Meia centena, eu acho, pelo menos. Costumavam ser duas tribos separadas, cada uma escondida em um conjunto diferente de colinas. Mas entre várias pragas e suas disputas territoriais, os sobreviventes mataram seus líderes e se fundiram para formar uma colônia. Praticamente ficam sozinhos, exceto por suas patrulhas que ficam de olho nas fronteiras. A maioria das pessoas decentes deixa a área para eles. Apenas aquelas crianças em busca de fama e fortuna vão em frente. — O xerife engoliu um pouco da nova cerveja.

— Há quanto tempo a fortaleza está abandonada? — perguntou Sully, virando as coisas para pegar um toalha. Ele então começou a enxaguar a caneca original do xerife, novamente tentando parecer casual e apenas jogando conversa fora.

— Séculos atrás, algum rei ou rainha mandou construí-la. Era um refúgio para os soldados que exploravam o sul do país. Não era grande coisa, apenas uma pequena fortaleza de pedra com alguns túneis escavados para armazenamento de alimentos ou algo assim. Acho que alguns tolos nas cidades no norte fofocam sobre o lugar, incitando imagens de ouro acumulado por dragões nas crianças que procuram um tesouro rápido. Contos da carochinha, isso sim. Nenhum dragão que se preze seria pego morto em um buraco de merda como aquela ruína.

Pelo menos era alguma coisa, pensou Sully enquanto servia algumas cervejas para um grupo de hóspedes que acabava de chegar da estrada. Eles faziam parte de uma trupe de artistas, embora estivessem exaustos demais de suas viagens para cantar qualquer conto naquela noite. Um velho então se aproximou do xerife para perguntar sobre a guilda dos ladrões e os preparativos da cidade para defesa; Sully sabia que essa conversa impediria o xerife de falar mais sobre as ruínas da fortaleza no sul. Siegfried se saiu muito pior, no que diz respeito à coleta de informações.

Ninguém pensava muito no aspirante a mago, especialmente porque ele sempre entregava a comida errada às mesas erradas. Ele também trabalhava sem parar porque, quando poderia ter uma chance de recuperar o fôlego, precisava tomar alguns drinques ou retificar algum pedido que houvesse entregado por engano a um cliente. De volta à cozinha, Jeffrey também falhou em obter qualquer informação, mas ele mais do que compensou sua falha com seu trabalho. Depois de dois dias lavando panelas e pratos, Wilkins fez o menino cozinhar as refeições. Wilkins considerou Jeffrey nato para o trabalho de cozinheiro, e os hóspedes da pousada e os moradores da cidade adoraram a culinária de Jeffrey, especialmente suas omeletes e tortas de frango. Na terceira noite, quando Sully soube da fortaleza fronteiriça, Jeffrey obteve permissão para fazer refeições para o grupo. Em vez do mingau matinal e do jantar noturno de carne misteriosa e purê de batatas, Wilkins permitiu que Jeffrey usasse restos de refeições anteriores. Ovos, presuntos, frangos e todo e qualquer legume estavam liberados para suas refeições, algo que trouxe sorrisos a todos.

Quanto a Thomas, ele estava simplesmente exausto. Ele descobriu que Wilkins tinha dívidas com vários moradores da cidade, especialmente com o banco e algumas pessoas desagradáveis com quem jogava pôquer de vez em quando. Para pagar essas dívidas, o dono da estalagem emprestou Thomas para projetos que iam desde trabalhos com ferro até consertar telhados e construir chaminés para atender às demandas de quem precisasse dele. No terceiro dia, ele estava cansado demais para pensar quando chegou para jantar. Ele apenas se encolheu em uma mesa vazia, esperou por qualquer mistura de comida que Jeffrey decidisse preparar e comeu em silêncio, metade de sua energia gasta em se alimentar enquanto a outra metade ele usava para manter as pálpebras abertas. Não demorou muito para que Haley chegasse. Ela sorriu, observando o seu recém-descoberto irmão comer.

— Ensopado de cordeiro? — perguntou ela. Thomas apenas assentiu e continuou a comer, parando periodicamente apenas para tomar um gole de água. Ela apenas sorriu enquanto se recostava e Siegfried trazia sua refeição da noite. Ensopado de cordeiro de fato, cheio de nabo, cenoura e aipo com um prato lateral contendo algumas fatias de maçã e dois biscoitos. Ela não perdeu tempo, embora sua ânsia viesse mais do deleite de estar no espaço relativamente aberto da pousada e não nos arquivos frios e empoeirados em que ela havia estado mais cedo naquele dia. A refeição foi apenas a cereja no topo do bolo. Ela estava na metade do jantar quando Thomas descansou a cabeça na mesa; roncos tranquilos começaram a emergir dele. Ela fez um bom trabalho em bater na perna dele sempre que o ronco ficava alto, uma ação que parecia silenciar Thomas o suficiente para que os clientes nas mesas próximas não lançassem olhares zangados na direção de Haley.

Depois de terminar, Haley pediu uma cerveja, a qual bebeu em goles durante uma hora, esperando os outros se juntarem a eles. Com a área de alimentação da estalagem apenas meio cheia, Sully, Siegfried e Jeffrey juntaram-se a eles bem cedo, cada um comendo uma boa porção do ensopado de cordeiro.

— Vocês três ao menos mastigam a comida? — perguntou Haley, seus companheiros pareciam ignorar suas próprias respirações enquanto consumiam suas refeições. Além de um olhar furioso de Sully, seus companheiros continuaram comendo. Era perto da meia-noite quando todos ficaram satisfeitos, descansados e prontos para discutir seus dias, enquanto saboreavam uma rodada de cerveja por conta da casa. O fogo das duas grandes lareiras estava apagado e só eles estavam na taberna, uma vela em sua mesa era a única fonte de luz.

— Hora de conversar — disse Haley, chutando o ferreiro adormecido. Ele acordou, gradualmente antes de voltar a algum tipo de consciência.

— O xerife mencionou uma fortaleza em ruínas ao sul visitada por viajantes de vez em quando — disse Sully enquanto esfregava rapidamente as mãos sobre a chama da vela. — Ele acha que não há mais ouro ou prata e dificilmente vale o risco.

— E? — perguntou Haley antes de engolir um pouco de cerveja.

— E há atividade de kobolds na área — continuou Sully. — Parece bem mais homens-lagartos do que gostaríamos de lidar.

— Bem, é melhor sabermos disso agora do que viajarmos para o sul e descobrirmos que lutamos contra um exército de kobolds por nada mais do que cobre — respondeu Thomas. Ele tomou um gole de sua caneca de água antes de continuar. — E vocês, senhores? — ele perguntou enquanto olhava rapidamente para Jeffrey e Siegfried.

— É muito agitado na parte de trás — disse Jeffrey, balançando a cabeça. — Não vejo como terei tempo de sair para entregar comida e escutar se não consigo ficar mais de cinco minutos longe da churrasqueira.

— Não é muito melhor aqui — comentou Siegfried antes de tomar um gole de cerveja. — As pessoas parecem calar a boca sempre que me aproximo, como se estivesse ouvindo suas conversas.

— Bem, é isso que você está fazendo — respondeu Sully, rindo.

— Tudo bem, acalmem-se — interrompeu Haley antes que seus companheiros começassem uma competição. — Os arquivos foram um pouco mais frutíferos hoje. Eu examinei uma série de registros de propriedades que se referem a uma fortaleza a sudeste daqui. Foi um retiro para a igreja durante o mesmo período. Livros de contabilidade mostram que alimentos para cerimônias eram enviados para lá até cerca de setenta anos atrás. Desde então, alguns sacerdotes e irmãs se aventuram por lá em grandes dias de festa. Encontrei uma referência a reparos feitos após um incêndio, embora nenhuma data específica tenha sido listada. Parece que eles enviaram uma boa quantidade de madeira para reparar o estrago. A última entrada para qualquer visita à fortaleza é datada de quase vinte anos. Pode ser algo que valha a pena investigar?

— Definitivamente um lugar para começar — interviu Thomas antes de terminar sua água. — Sinto muito... Só não consigo manter meus olhos abertos por muito mais tempo. Eu acho que devemos ver o que mais podemos aprender sobre a fortaleza da igreja. Pode ser que possamos coletar alguns detalhes adicionais. Acho que devemos ficar por mais duas semanas e ver o que mais acontece antes de irmos para o sul e verificar o lugar. Alguém mais está disposto a isso? — Sully acenou com a cabeça primeiro, após isso os demais também acenaram e trocaram olhares com o ferreiro. — Certo. Vou ver se algum dos clientes para quem trabalho sabe alguma coisa sobre isso ou quais cidades e vilas podem estar na estrada para o sul, para que possamos fazer mais investigações. — Com isso, ele se levantou e foi para a cama.

CAPÍTULO TREZE

E les passaram outros vinte dias trabalhando em seus respectivos postos enquanto tentavam obter informações sobre o retiro religioso. Siegfried continuava sem solução. Todos os clientes ficavam quietos quando ele se aproximava de suas mesas. Ele melhorou em receber os pedidos corretamente, mas não a ponto de alguém deixar alguma gorjeta. Ele finalmente se reconciliou com sua nova realidade e passou o tempo recitando as palavras da única magia que conseguiu decifrar do tomo que guardava em sua mochila. Ele encontrou o livro de couro escondido na grande biblioteca de seu pai. Em vez de ter sido escrito em um único idioma, era como se algum lacaio tivesse reunido páginas de vários livros e unido tudo. A princípio, não passava de um quebra-cabeça que ajudava Siegfried a passar o tempo, mas depois se tornou sua paixão. Encontrando um texto na língua antiga de Gauldihar, o aspirante a mago determinou que pelo menos algumas páginas de seu tomo foram escritas em gauldihariano. Então, ao longo de um verão, ele dominou aquele idioma, bem pelo menos em sua própria mente, e então traduziu o que ele agora chamava como a magia "bolas de fogo inextinguível".

Além das palavras que ele presumiu que invocariam o fogo, uma lista de plantas e minérios foi registrada, o que ele presumiu serem os componentes necessários para conjurar a magia. Três anos depois, a magia ainda não funcionava. Então, todas as noites enquanto entregava comida, Siegfried recitava as palavras em sua cabeça e considerava onde ele estava falhando. Ele deveria jogar os componentes no ar antes de dizer as palavras? Ele deveria segurar os componentes da planta e então jogar fora os pós que havia coletado, de carvão e enxofre, enquanto dizia as palavras? Dia e noite ele contemplava tais questões, enquanto quebrava aquela monotonia cantarolando uma ou duas canções favoritas enquanto limpava as mesas. Contudo, Siegfried mal podia esperar para dar o fora da cidade.

As conversas com os habitantes da cidade falharam em adicionar alguma informação sobre a fortaleza que pretendiam explorar, mas pelo menos Thomas, Jeffrey e Sully ganharam algumas moedas que os ajudariam a comprar suprimentos para a viagem. Eles finalmente partiram em uma manhã fria, com nuvens cinzentas ameaçando chuva e um estrondo distante de trovão que soava ocasionalmente.

— Sério? — perguntou Siegfried a ninguém em particular. — Não podemos esperar um ou dois dias por um pouco de sol?

— Se esperarmos até amanhã, podemos ver tornados ou tempestades de neve — respondeu Haley enquanto se dirigia à estrada que levava ao sul.

— Vamos, Siegfried! — exclamou Jeffrey, feliz por não estar na frente de uma churrasqueira ou forno pela primeira vez em tempos. — Onde está seu senso de aventura? — Com isso, o amado cozinheiro seguiu logo atrás de Haley, com um largo sorriso no rosto e passos rápidos.

— Vamos, mago — disse Sully enquanto dava um tapa na parte superior das costas de Siegfried. — Vamos encontrar alguma aventura para nós! — Com Sully liderando o caminho, os dois rapidamente alcançaram os outros, enquanto Thomas recuou momentaneamente. Olhando para as nuvens, o ferreiro procurava sinais de vida, pássaros canoros e aves de rapina frequentemente guiando o atento observador e viajante para rotas seguras. Nem um abutre, falcão ou águia voou entre as nuvens. Não era surpreendente, dadas as chuvas que se aproximavam, mas Thomas esperava que eles recebessem alguma orientação, pois estavam viajando sem reais informações. Aceitando a sua nova realidade, Thomas partiu, alcançando os outros em pouco tempo.

———

Apenas alguns quilômetros depois da fronteira sul da cidade, a Estrada da Rainha havia se degradado a poças de água turva e trechos de estrada tomados por ervas daninhas, e marcas de cascos e rodas. Os aventureiros temiam que as coisas piorassem mais cedo ou mais tarde e eles estavam corretos em sua suposição.

Estavam um pouco mais de cinco quilômetros ao sul de Pourmere quando encontraram sete, todos bandidos, encapuzados e cobertos conduzindo um burro que carregava caixas de mercadorias desconhecidas. Quanto aos homens, cada um carregava uma espada curta e um escudo de madeira.

— Receio que isso seja o mais longe que vocês chegarão — gritou o homem no centro do grupo, tirando o capuz. O coração de Thomas afundou enquanto que a raiva de Sully aumentou.

— Ótimo dia para uma caminhada, não acha, xerife? — Perguntou Thomas enquanto desamarrava o martelo de ferreiro do cinto. — Preparem suas armas — ele disse suavemente a seus camaradas enquanto dava alguns passos em direção a Gleason e companhia. — Podemos ajudar em algo?

— Você não vai se safar dessa — respondeu Gleason enquanto os outros bandidos removiam seus capuzes e revelavam suas identidades: a tropa de menestréis que chegou semanas antes. Os menestréis que pareciam não se apresentar em lugar algum. — Você matou alguns de nossos irmãos, e por isso você tem de morrer. Olho por olho.

— Seus camaradas ao norte de Pourmere... eles mataram meu primo, Algren. Alguém teve de responder por isso. — Sully deu um passo à frente, sua espada erguida e sua raiva palpável.

— Sinto muito pelo seu primo — disse Gleason. — Não foi pessoal, apenas danos colaterais. Certamente você pode entender isso?

— O xerife é meu — disse Sully enquanto avançava, sem esperar por alguma resposta. E foi assim que começou. Como no confronto anterior, Thomas lançou seu martelo de ferreiro em um dos bandidos à direita de Gleason, desferindo um golpe sólido no peito do jovem. Não foi um golpe mortal, mas o discípulo de Neydis não se levantou enquanto lutava para respirar. Gleason e Sully atacaram um ao outro enquanto os outros lutavam.

— Algren! — Exclamou Sully enquanto cruzava espadas com o xerife corrupto. O xerife possuía mais experiência em batalha, mas o treinamento, a juventude e a raiva de Sully resultaram em uma luta equilibrada. Thomas, por sua vez, enfrentou dois dos bandidos, primeiro assumindo uma postura defensiva, desviando os golpes de espada de seus inimigos. E então, quando ele sentiu que era o tempo certo, ele empreendeu. Desviando a espada de um bandido depois que seu atacante estendeu demais sua investida, Thomas bateu seu martelo de guerra no crânio do jovem. Como ele usava apenas um elmo de couro, o crânio do membro da guilda Neydis foi triturado sob o peso do martelo. Ele não se levantou novamente. Então voltando a uma postura defensiva, Thomas defendeu vários golpes antes que o bandido restante errasse. Um ligeiro avanço do jovem deixou uma abertura que Thomas não perdeu e, em poucos segundos, o martelo de guerra quebrou o crânio de seu adversário. Caindo no chão, o seguidor de Neydis se sacudiu por vários segundos antes que a morte o levasse.

O bastão de Haley respondeu aos golpes de um bandido. Parecia uma sessão de treinamento, como se ela estivesse lutando com um companheiro de infância. Ela entendeu a gravidade de suas circunstâncias, mas por algum motivo, ela parecia frustrada com o ataque. Por que essas pessoas os queriam mortos? Foi a sua esquiva de um golpe de espada letalmente próximo que a touxe à realidade de que o espadachim queria a sua morte. Resignada com a verdade, ela esperou por uma abertura que logo veio. Batendo a coronha de seu bastão na testa do inimigo, ela o deixou inconsciente antes de mover-se para outras batalhas. Jeffrey e Siegfried, enquanto isso, lutavam para permanecer vivos.

Quanto a Jeffrey, ele foi rapidamente dominado e recuou enquanto defendia os golpes de espada de seu oponente. Não demorou muito para que um bandido cortasse os braços e as coxas de Jeffrey. Ele se lembrava de seu treinamento, por mais básico que tenha sido.

"Quando tudo estiver perdido, defenda-se até que eu possa chegar lá para ajudá-lo", Sully havia aconselhado. Mas, como o xerife era o mais habilidoso do grupo de Neydis, Sully de forma alguma poderia oferecer ajuda. Thomas ofereceu. Justamente quando Jeffrey foi desarmado e caiu para trás, o ferreiro bateu com seu martelo de guerra na cabeça do homem que o desarmou. O seguidor de Neydis caiu morto no chão, seu cérebro vazando de seu crânio quebrado.

Siegfried resistiu melhor do que Jeffrey, mas isso tinha mais a ver com a aparente falta de experiência e treinamento de seu oponente. No entanto, o mago só conseguia se defender e cansou-se rapidamente. Seus braços começaram a parecer gelatina e sua respiração ficou difícil. Então, de repente, Siegfried sentiu como se tivesse batido em uma parede. Ele lutou para se concentrar e instantaneamente descobriu que a sua espada curta havia caído de suas mãos. Ele caiu de joelhos e esperou pela sua morte, mas o bastão de Haley a impediu. Ela desviou a espada do bandido e empurrou o jovem para trás. Siegfried olhou com espanto enquanto tentava recuperar o fôlego. Ele observou sua companheira lutar exausta, os golpes de seu bastão mostrando menos força a cada momento que passava. Agora sem espada, Siegfried voltou aos velhos hábitos e enfiou a mão na bolsa do cinto contendo os componentes da magia "bolas de fogo inextinguível". Então, depois de apertar um punhado de componentes enquanto observava como Haley lutava aparentemente em câmera lenta, ele decifrou uma fluidez de movimento como se ela dançasse uma canção antiga. Foi naquele momento, naquele segundo de clareza, que o mago se lembrou de seus anos cantando e, sem pensar um segundo a mais, cantou as palavras que havia memorizado do grimório. Segundos depois, três bolas de fogo do tamanho de uma maçã apareceram em sua mão direita.

As chamas eram hipnotizantes, esferas perfeitas lançando feixes de chamas que beijavam o ar enquanto lançavam correntes elétricas através do antebraço de Siegfried. Ainda aparentemente preso em câmera lenta, Siegfried se virou e observou enquanto Haley lutava. Foi apenas um momento de oportunidade, mas era tudo que o mago precisava. Com o flanco do bandido exposto, Siegfried lançou as bolas de fogo, acertando-o em cheio. Deixando cair a espada e gritando enquanto o fogo mágico queimava sua carne, a voz do seguidor de Neydis causou arrepios na espinha de Thomas, Haley e Jeffrey. Eles assistiam horrorizados enquanto a carne do bandido derretia. Thomas, livre do combate, correu para o lado do inimigo e golpeou seu crânio com força, acabando com sua dor.

Sobrecarregado de alegria, medo e exaustão, Siegfried desmaiou enquanto todos, exceto Sully, olhavam com admiração.

CAPÍTULO CATORZE

A luta de Sully com Gleason falhou epicamente — ou pelo menos teria se tivesse sido realizada em um torneio. Gleason, um guerreiro veterano com experiência em lutar contra ladrões de carruagens e vândalos, foi derrotado pelo jovem treinado para ser um sacerdote, mas que foi criado por guardas para lutar com espadas, lanças e machados. Impulsionado pela raiva, Sully gritava o nome de seu primo a cada golpe de sua espada, mantendo o xerife ocupado desviando. Não demorou muito para que Sully rompesse as defesas de Gleason e cortasse profundamente seu braço esquerdo. Gleason recuou por sua vez, gritando de dor enquanto o medo percorria sua mente. Sully diminuiu seu ataque em resposta, brincando com o xerife enquanto contemplava a morte de seu primo.

— Ele era como um irmão para mim! — exclamou Sully enquanto desferia três golpes de espada rápidos, os dois primeiros uma distração enquanto que o terceiro cortou a coxa direita de Gleason. Com toda a sua energia dedicada a lutar, respirar e suportar a dor, Gleason não possuía forças para responder às palavras de Sully. Então, depois de infligir mais alguns cortes nas extremidades de Gleason, Sully acertou um ferimento crítico através qual a vida de Gleason se derramou. Por momentos, Sully observou o sangue fluir da cavidade torácica do xerife, encharcando rapidamente as roupas do morto. Ainda não era o suficiente. Sully começou a atacar o cadáver, o sangue espirrando para se agarrar à roupa, armadura e pele de Sully.

— Chega! — gritou Haley, sua quinta tentativa finalmente tirando Sully de seu olhar desfocado e golpes de espada quase mecânicos. Ele olhou para ela com uma expressão de aparente calma total, contradizendo a raiva que sentia. Ele cambaleou então, apenas por alguns passos antes que ela o agarrasse pelos braços para firmá-lo. — Acabou, Sully. Capturamos dois; os demais estão todos mortos. — Ele olhou para os restos mortais de Gleason, uma parte dele querendo continuar cortando e cortando para garantir que o xerife não pudesse retornar como zumbi ou alguma outra criatura morta-viva. — Vamos — disse Haley, puxando-o pelo braço e levando-o de volta aos outros.

———

Haley e Sully voltaram para encontrar os ladrões capturados, um inconsciente enquanto o outro lutava para respirar. Thomas, alheio a seus próprios ferimentos, sentou-se ao lado de Jeffrey, colocando bandagens nos numerosos ferimentos do jovem. Embora nenhum dos cortes de Jeffrey fosse especialmente profundo, o grande número de ferimentos cobrava seu preço; Jeffrey mal conseguia se mover ou compreender toda a comoção ao seu redor.

— Vá cuidar de Siegfried — disse Thomas enquanto continuava a enfaixar Jeffrey. Sem hesitar, Haley correu para o lado do mago, parando para se ajoelhar sobre seu corpo inerte. Mágico ou mago, não importava. Siegfried no momento era simplesmente um homem em coma com uma respiração superficial. Colocando a palma da mão direita na testa de Siegfried e ao lado de seu pescoço, Haley percebeu que sua pele estava fria e úmida enquanto sua frequência cardíaca se movia a passos de tartaruga.

— Traga-me um cobertor e um pouco de água! — ela gritou para Sully, que levou um segundo para olhar em volta antes de correr para sua própria mochila. Ele voltou rapidamente e ajudou Haley a cobrir o mago com um cobertor de lã. Haley então esfregou o peito e os braços de Siegfried, tentando gerar mais calor. Enquanto isso, Sully se aproximou dos dois cativos, primeiro alcançando o homem que permanecia inconsciente.

— Deixe-os em paz — disse Thomas depois que Sully chutou o prisioneiro inconsciente no estômago. O ferreiro manteve os olhos focados em enfaixar as feridas de Jeffrey, mas seus ouvidos permaneceram focados nos movimentos de Sully.

— Eles merecem morrer — respondeu Sully, seu tom áspero.

— Todos nós merecemos — foi a resposta de Thomas. Então, terminando a última bandagem, ele se levantou e caminho até Sully e os cativos.

— Não somos juízes nem carrascos — disse Thomas ao se posicionar entre os bandidos de Neydis e o suposto comandante do grupo. — E, pelo que me lembro, você não estava treinando para ser sacerdote? — Sully assentiu. — Parece que você, de todas as pessoas, deveria reconhecer o fato de que não podemos executar esses dois. Não somos assassinos! — Essa última palavra fez Sully ficar alerta. Virando-se para olhar Thomas nos olhos, Sully assentiu enquanto uma sensação de calma o invadia. — Jeffrey. Fique de olho nesses dois e no Sully.

Levantando-se lentamente, Jeffrey se aproximou e deu um tapinha nas costas de Sully antes de desembainhar sua espada curta e sentar-se a apenas um braço de distância dos cativos. Primeiro parando para olhar o sangue cobrindo suas mãos, Sully caminhou até um bordo próximo e sentou-se antes de descansar a cabeça nas mãos.

— Como ele está? — perguntou Thomas a Haley enquanto ela continuava a esfregar o torso de Siegfried.

— Como diabos eu deveria saber? Por acaso eu me tornei mestre das artes arcanas? — Ela olhou para o ferreiro e começou a balançar a cabeça. — Seu pulso está ficando mais forte, mas ele não está respondendo à minha voz ou ao meu toque. Eu até abri suas pálpebras; suas pupilas não estão respondendo às mudanças na luz, nem seu corpo está reagindo aos meus cuidados. Ele está completamente catatônico.

———

Os nervos de Haley estavam para lá de exaustos. O que qualquer curandeiro sabia sobre como ajudar um mágico-mago a sair de um transe aparentemente induzido por magia? Diabos, quem já ouviu falar de um mágico ou mago de verdade? Ela manteve Siegfried bem apertado e continuou a esfregar o peito e os braços de seu amigo. O que ela não estava vendo?

— Não podemos ficar aqui, Haley — disse Thomas enquanto se aproximava e se agachava no chão ao lado dela. — Deus sabe quantos mais desses cretinos estão a caminho. O xerife certamente vai fazer falta mais cedo ou mais tarde. Precisamos ir agora.

— Movê-lo pode matá-lo — respondeu ela.

— NÃO movê-lo pode matá-lo e matar a nós também — sussurrou Thomas. — Olha, irmãzinha, Jeffrey está descarregando o burro deles. Podemos fazer com que o burro carregue Siegfried enquanto você o conduz na velocidade que achar mais segura para o mago. Mas precisamos ir.

— E quanto a eles? — ela perguntou, olhando os mortos.

— Eu gosto da ideia de deixá-los aqui tanto quanto você, mas não temos escolha. Nosso cativo consciente diz que há uma pequena vila ao sul daqui a um dia de distância. Eu acho que deveríamos ir para lá. Podemos deixá-los decidir se voltam para buscar os corpos e se executam ou não os sobreviventes.

— E se o xerife da próxima vila for um deles? — ela perguntou. Ele assentiu.

— É um risco, mas Siegfried precisa de ajuda agora. Além disso, nosso cativo disse que podemos matá-lo agora se nosso plano for levá-lo até lá. Suspeito que a vila tenha sofrido nas mãos da Guilda de Neydis. — Ela sorriu; um pouco de esperança parecendo irromper de sua melancolia. Ela estendeu a mão e limpou um respingo de sangue do rosto dele.

— Você está ferido? — ela perguntou enquanto molhava um pano e removia o sangue e a sujeira do rosto dele.

— Não. Aquele babaca do Neydis cuspiu na minha cara quando perguntei o nome dele. Vamos apenas dizer que ele não é nosso fã.

— Thomas! — exclamou Jeffrey enquanto corria do burro. — Oh merda, você tem que ver o que eu encontrei.

———

O burro carregava quatro fardos cheios de prata, cobre e algumas moedas de ouro. Os pacotes também continham joias, algumas glamorosas, enquanto outras peças nem tanto.

Embora os pacotes fossem bem pequenos, o conteúdo total mesmo dividido entre eles duraria anos.

— Você verificou as pegadas do burro? — perguntou Thomas. — Eles estavam viajando para o norte? — Jeffrey assentiu. — Parece que os nossos camaradas estavam fugindo da vila de que falaram.

CAPÍTULO QUINZE

Parando por um curto período em um riacho que encontraram não muito longe do campo de batalha, os companheiros se limparam, Sully decidindo apenas se livrar de sua túnica porque estava coberta de sangue e lama. Eles não tiveram tempo de lavar as roupas, e ele francamente queria esquecer o incidente, seu violento ataque ao cadáver de Gleason já o assombrava. Depois que os outros chegaram, eles viajaram para o sul, o burro carregado com Haley e Siegfried, ela segurando o mago enquanto viajavam sem sela. As moedas e joias, enquanto isso, foram divididas entre Thomas, Sully e o agora consciente bandido de Neydis, cujo o único ferimento parecia ser uma dor de cabeça insuportável. Seu compatriota, que ainda lutava para respirar, ditava o ritmo. Ambos os membros da Guilda de Neydis foram amarrados pelo pulso e Sully os cutucava ao longo do caminho para lembrá-los de que não havia escapatória e para mantê-los em movimento.

Eles montaram um acampamento quando a escuridão caiu, fazendo uma pequena fogueira ao lado da qual colocaram o mago. Sua respiração e batimentos cardíacos melhoraram, mas ele ainda permanecia inconsciente. Com as rações que encontraram em uma mochila amarrada ao burro, Sully permitiu que os bandidos comessem um pouco de biscoitos de bordo e charque de veado, depois disso, ele ofereceu água para acompanhar a refeição. Com a ajuda de Thomas, eles então amarraram os homens em árvores separadas perto do fogo antes de se juntarem aos outros para uma refeição de carne de porco salgada, biscoito de bordo e uma pequena quantidade de mirtilos que Jeffrey havia encontrado durante sua jornada.

— Eu fico com o primeiro turno — disse Sully enquanto os outros continuavam a comer. — Acho que Jeffrey poderia ficar com o próximo turno, depois Thomas.

— E eu devo tricotar algumas túnicas enquanto vocês brincam de soldados? — perguntou Haley. Sully lançou um olhar para Thomas.

— Precisamos de você cuidando de Siegfried — disse Thomas. — Também precisamos de pelo menos um de nós bem descansado pela manhã. Amanhã, você fará boa parte do planejamento, ajudando-nos a navegar nesta floresta. Haley, precisamos de você descansada e alerta, porque amanhã, sem uma noite inteira de sono, o resto de nós terá energia suficiente para lidar com mais bandidos, mas nossa inteligência estará lenta. Ela assentiu em resposta.

— Então é melhor eu dormir um pouco — disse ela enquanto se levantava e caminhava até seu cobertor já estendido ao lado de Siegfried. Haley realmente dormiu um sono profundo, até que ouviu a voz.

— Haley — a voz sussurrou. — Acorde, Haley. Água. — Haley abriu os olhos para ver Siegfried a olhando de volta, seus olhos azuis cristalinos brilhando, mesmo com apenas a luz fraca lançada pela pequena fogueira.

— Ai, meu Deus! — ela exclamou, levantando-se e correndo para o lado de Siegfried, chamando a atenção de

Jeffrey. — O que você precisa? — ela perguntou, examinando a escuridão quase total em busca de sua mochila.

— Água... e alguma coisa para comer, por favor — respondeu ele. — Estou faminto. — Encontrando e puxando a mochila dela para o lado, Haley procurou por seu estoque de biscoito de bordo e carne de porco salgada. Primeiro, permitindo que ele bebesse um pouco de água do odre dela, ela porcionou pequenos pedaços biscoito e porco e alimentou o mago lentamente.

— Acorde Sully e Thomas — disse ela a Jeffrey antes de voltar sua atenção para Siegfried. — Você nos assustou, amigo. Como você está se sentindo?

— Cansado e faminto. Também estou com um pouco de dor de cabeça.

— Você se lembra do que aconteceu? — ela perguntou. Ele sorriu.

— Definitivamente, sim — sussurrou ele. — Foi glorioso, Haley. — Só então eles se viraram para ver um Thomas de olhos sonolentos se aproximar e se agachar entre eles.

— É bom vê-lo acordado, Siegfried — disse Thomas. Ele então estendeu a mão. — Por favor... deixe-me pedir desculpas. Eu realmente não achava que você tinha algo mágico em seu corpo, mas você provou que eu estava errado centenas de vezes e mais algumas. Você definitivamente é um mago. — Eles apertaram as mãos quando Jeffrey e Sully apareceram. Pelo resto da noite, todos eles se sentaram e vigiaram Siegfried, temendo que ele pudesse ter alguma recaída. O mago, enquanto isso, bebia água e contemplava seus primeiros passos no reino da magia.

———

Sully começou a bombardear Siegfried com perguntas sobre o fogo mágico, mas Haley rapidamente silenciou todas elas para permitir que o mago recuperasse suas forças. Na verdade, parecia que Siegfried ficava mais forte a cada hora, mas Haley queria ter certeza de que ele estava realmente pronto. Deixando os prisioneiros se aliviarem, um de cada vez, os companheiros davam aos bandidos uma refeição leve de charque e biscoito de bordo antes amarrá-los novamente e seguir para o próprio café da manhã. Foram quase duas horas depois do nascer do sol que eles ajudaram Siegfried a subir no burro antes de se aventurarem para o sul, seguindo a trilha deixada pelos seguidores de Neydis. Com mantos bem enrolados em volta do corpo e capuzes para cima, os companheiros seguiram em frente, resfriados pelo ar sazonal e pela garoa que caía ao seu redor. Foi uma manhã miserável, que então ameaçou a se transformar em um pesadelo.

Doze homens a cavalo emergiram da floresta ao sul, os passos de seus cavalos alertando os companheiros antes mesmo que eles o vissem. Enquanto quatro dos cavaleiros ficaram para trás, os oito restantes se aproximaram, lado a lado, até ficarem a apenas seis metros de distância, todos portando uma variedade de armas, desde espadas e machados a um forcado e uma enxada.

— Reforços de Neydis? — perguntou Haley a ninguém em particular.

— Estamos prestes a descobrir — respondeu Sully, ele puxou seu cativo para perto, sem saber o que esperar. Os cavaleiros deram o primeiro passo.

— Se você não se importa, vamos tirar esses ladrões de suas mãos — disse um cavaleiro enquanto incitava seu corcel a se aproximar mais.

— Como diabos que você vai... — gritou Sully, empurrando seu cativo para o chão e preparando sua espada.

— Sully! — gritou Thomas, colocando o guerreiro do grupo em xeque. — Esses homens são culpados de tentativa de homicídio. As únicas autoridades a quem os entregarei são os líderes da próxima vila que alcançarmos. — Thomas então ergueu o martelo de ferreiro, pronto para o combate.

— Bem, então considere sua missão completa — disse o líder enquanto jogava o capuz para trás, revelando cabelos grisalhos na altura dos ombros. — Meu nome é Sheamus Wilts, sou o xerife da vila Oakville, a cerca de um dia de viagem ao sul daqui. Olá Greg. — Seu último comentário foi dirigido ao homem que Sully havia empurrado para o chão. Ele franziu a testa para Sheamus, mas não disse nada em resposta. — Esses homens são culpados de muito mais do que vocês imaginam, amigos — disse Sheamus parando um momento para olhar para Thomas, Haley e todos os seus companheiros. — Eles são acusados de assassinato, incêndio criminoso, furto e roubo de burro. — O burro em que Siegfried montava grunhiu como se em resposta a isso. — Não somos uma vila rica. Se fossemos, não tenho dúvidas de que esses merdas da Neydis teriam levado mais.

— E quem é este? — perguntou Jeffrey, removendo o capuz de seu outro cativo.

— Ele não é de Oakville, posso dizer isso. Samson, proteja os prisioneiros. — Em resposta, um homem mais jovem desmontou empunhando uma espada larga, que ele rapidamente embainhou. Ele então removeu dois conjuntos de algemas de seu alforje e se aproximou. Parando diante de Greg, Samson olhou para Sully para ver se estava tudo bem. Sully assentiu, e Samson rapidamente algemou Greg antes de levantar o bandido. Uma vez que Greg estava de pé, Samson o chutou na virilha, e Greg caiu como um saco de tijolos. Os gritos de dor do homem eram ensurdecedores.

— Pare com isso! — exclamou Sheamus. — Os senhores

ajudem Samson enquanto procuro uma boa árvore para as forcas.

— Temos direitos! — gritou Greg enquanto rolava pelo chão.

— Como meu vice nos últimos cinco anos, você realmente tem direito a um julgamento, Greg. Assim como todos os residentes de Oakville. A minha pergunta é, e os direitos daquele garoto Zack que você matou? Hmpf! O que você e aqueles ratos da guilda não sabiam é que o garoto de treze anos se manteve firme para atrasá-los para que sua irmãzinha tivesse tempo de fugir. Ela viu seus rostos antes de fugir. Seu irmão a disse para se esconder no celeiro. Ela viu você matar o irmão dela, e pretendo lembrá-la e a todos os moradores da vila da bravura daquele menino e de sua covardia pelo resto dos meus dias.

— E os meus direitos? Você deveria nos levar de volta para um julgamento — disse Greg.

— Quero garantir que sua carcaça imunda nunca mais coloque os pés em Oakville.

— Pensei que você disse que eu teria um julgamento — disse Greg, mais uma vez carrancudo para Sheamus.

— Eu disse — disse Sheamus. — Meritíssimo? — Com isso, os quatro cavaleiros que haviam ficado para trás se aproximaram e tiraram seus capuzes. — Apresento a você o juiz Castle e seu júri. — Greg apenas continuou carrancudo. — Por acaso você viu algum outro? — perguntou Sheamus a Thomas. O ferreiro assentiu.

— Esses dois e cinco outros nos emboscaram alguns quilômetros ao sul de Pourmere — respondeu Thomas.

— Acho que o xerife Gleason estava errado ao pensar que a guilda não havia sido criada em nossa floresta. Ele nunca foi o homem mais inteligente.

— Ele foi inteligente o bastante — disse Thomas. — Sendo

ele quem estava liderando os membro da guilda que nos atacaram, eu diria que ele nos enganou, a todos nós.

— Ah, merda! — exclamou Sheamus. — Todas as vilas e cidades ao sul estavam enviando relatórios por meio de Gleason. Não é de admirar que nunca tenhamos recebido armas ou suporte de guardas.

— Você tem escriba e pombo-correio em Oakville? — perguntou Sully. Sheamus assentiu. — Meu pai comanda uma parte dos guardas da rainha. Vou enviar-lhe uma mensagem e alertá-lo sobre o que aconteceu. Suspeito que você encontrará muitos guardas por aqui em um futuro não tão distante.

— Ficaríamos gratos pela ajuda, de verdade — respondeu Sheamus. — Você encontrará todos os pombos de que precisa no tribunal de Oakville.

— Se você não se importa, xerife, deixamos Gleason e os outros ao longo da Estrada da Rainha — disse Thomas. — Não nos sentimos seguros em ficar por perto para enterrá-los. Isso é algo de que você poderia cuidar?

— Claro. E no mínimo, devemos avisar a Pourmere que sua milícia provavelmente foi infiltrada por seguidores de Neydis.

— Xerife, uma palavra? — perguntou Haley ao dar um passo à frente.

— Certamente.

— Encontramos o burro carregando algumas sacolas com moedas e joias. Presumo que os roubaram dos aldeões de Oakville.

— É pouco provável, senhorita. Somos uma comunidade bastante pobre. É provável que tenham reunido esses bens de outras pessoas que roubaram e assassinaram antes de se aventurarem em nosso caminho. Parece-me que vocês, aventureiros, reivindicaram um bom estoque. — Com isso, Sheamus virou seu cavalo e caminhou em busca de uma árvore com galhos robustos.

CAPÍTULO DEZESSEIS

Oakville era... digamos... desolada. A rua principal nada mais era do que um solo argiloso compactado com manchas gigantescas de ervas daninhas e grama surgindo aqui e ali, uma indicação clara de uma via sem tráfego significativo de carroças. A estrada estava quase toda coberta por pegadas humanas, mas era possível ver pegadas de burros, cavalos e mulas, estas sendo poucas, relativamente falando.

— Duvido muito que alguém já tenha se referido a este lugar como *lar doce lar* — comentou Siegfried secamente.

Ninguém o repreendeu enquanto avançavam, uma coleção de sons de sucção que a marcha deles gerava quando os pés dos companheiros se levantavam dos trechos de lama encontrados na estrada.

— Vocês encontrarão o tribunal na estrada ao lado da loja de Gorman — disse rapidamente o homem que os escoltou. — Gorman é o ferreiro da vila, então qualquer coisa de que vocês precisarem, é ele quem vai ajudar. — O jovem cavalgou o caminho todo, falando pouco durante a jornada, nem mesmo mencionando seu nome, e manteve um ritmo relativamente rápido, mesmo Thomas e os outros caminhando. Então, sem dizer mais nenhuma palavra, a escolta deles partiu, parando em uma cabana de toras da qual pendiam algumas peles esticadas.

— Ele é agradável e prestativo, não é? — perguntou Sully.

— Acho que não há muitos lugares para nos hospedarmos aqui.

— Duvido muito — comentou Haley enquanto agarrava as rédeas do burro e se afastava.

— Para onde você vai, Haley? — perguntou Thomas.

— Estou indo ao tribunal. Acho que é pelo menos um lugar onde podemos obter algumas respostas e orientações. — Com isso, ela continuou andando, e os homens a seguiram sem dizer mais nenhuma uma palavra. A certa altura, Siegfried escorregou e caiu em uma poça. O burro olhou para o mago e riu.

— Vá se danar — amaldiçoou Siegfried. O burro apenas riu novamente antes de permitir que Haley o guiasse adiante.

Não demoraram muito para encontrar o tribunal, pois contrastava fortemente com o resto da cidade. O suporte judicial da cidade era um edifício simples e retangular de pedra, construído com paralelepípedos e argamassa marrom. A fachada de pedra dava-lhe um ar quase régio, ainda mais sendo o resto das construções da vila cabanas de toras ou casas de tábuas, todas a necessitar urgentemente de alguma reparação. Quanto ao tribunal, não poderia ter uma área maior do que seiscentos metros quadrados, um prédio de um andar e meio com um telhado de madeira precisando desesperadamente de substituição.

— Sobrou nada! — eles ouviram uma voz exclamar de dentro da estrutura de pedra enquanto se aproximavam da entrada principal, a voz então suavizando apenas o suficiente para que o resto de suas palavras soasse como um jargão.

— Certeza de que queremos entrar lá? — perguntou Jeffrey. Sully deu um tapa no ladino antes de passar e abrir a porta pesada de carvalho que levava para dentro, onde eles encontraram uma mulher idosa cruelmente irritada que tinha cerca de um metro e meio de altura, xingando o jovem atrás de um balcão. Embora esguia de corpo, quase esquelética, o comportamento da mulher era... digamos, cativante. Ela se virou e olhou para os companheiros quando eles entraram.

— Ótimo! — exclamou ela. — Mais canalhas querendo se intrometer em nossos assuntos e roubar tudo de nós! — Ao se virar para enfrentar Sully e os outros, a mulher deu as costas para o jovem igualmente esguio cujos olhos o traíram, revelando sua frustração e sua exasperação para todo mundo ver. Sully, Haley, Jeffrey e Siegfried observaram, estupefatos. Eles estavam bem longe de suas zonas de conforto. Havendo sido criados entre famílias ricas e então enviados para treinar com o clero para uma vida inteira de serviço a fraternidades religiosas, eles não eram adequados para lidar com uma fofoqueira com jeito de cascavel encurralada. — Que diabos os vândalos querem?! Veja bem, eu tenho uma faca comigo que cortou muitos bandidos nestes últimos tempos. — Infelizmente para ela, Thomas não estava desacostumado com sua classe. Emergindo de trás dos outros, Thomas ficou alto, seu martelo de guerra firmemente agarrado em ambas as mãos. A mulher recuou para o balcão que a separava do cidadão que ela estava repreendendo.

— Meus senhores, minha senhorita — disse Thomas enquanto acenava com a cabeça para seus companheiros. — Vou cuidar de seus pertences e de nosso transporte. — O ferreiro então se virou para o homem atrás do balcão, o balcão em si era um monstruoso ornamento de carvalho manchado de escuro que parecia incapaz de ser movido até mesmo pelo mais violento dos tornados. Olhando ao redor, a construção parecia nada mais do que um grande salão ou centro comunitário, exceto por alguns bancos colocados ao redor do balcão. Ao todo, parecia ter cerca de trezentos e cinquenta metros quadrados de espaço aberto com grandes lareiras posicionadas no centro de cada parede. — O xerife Wilts nos direcionou à sua vila — disse Thomas enquanto se virava para encarar o homem. — Nós entregamos a ele alguns bandidos que tínhamos capturado. Parece que eles visitaram sua vila em algum momento nos últimos dias. Meu senhor Sullivan precisa enviar mensagens para a capital para solicitar uma companhia de guardas florestais para procurar qualquer ralé restante. — Thomas olhou para a mulher enquanto imitava suas palavras. — Isso é algo que você poderia ajudar?

— Certamente, meus senhores... minha senhorita — respondeu o jovem, acenando para os outros.

— Guarde os títulos para eles, sou apenas um ferreiro — disse Thomas antes de se virar e sair do prédio. Todos os olhos então se voltaram para a mulher.

— Eu... eu... devo voltar para casa, meus senhores, minha senhorita — disse ela antes de sair correndo. O homem atrás do balcão sorriu.

———

— Quantos guardas você vai pedir? — perguntou Jeffrey enquanto Sully escrevia uma mensagem para o pombo-correio.

— Meu pai é o estrategista — respondeu Sully. — Ele vai encontrar a resposta. Além disso, ele já ficará perturbado com a minha mensagem. Acrescentar o que ele certamente perceberia como "ordens" só o enfureceria ainda mais. Deus, ele vai ficar puto quando descobrir que saí do seminário. — Sully levou um momento para ler o que havia escrito antes de entregar a mensagem ao cidadão.

— Vou providenciar para que isso seja enviado imediatamente, meu senhor.

— Apenas me chame de Sully. E você é?

— Terrence. Terence Morgan. Sou o escrivão da vila. — Eles apertaram as mãos brevemente antes de Terrence sair do prédio. Ele estava de volta em menos de quinze minutos. — O pombo está a caminho, meu... Sully.

— Obrigado — respondeu Sully, sorrindo mais uma vez.

— Você tem algum alojamento disponível na vila? — Haley perguntou momentos antes do estômago de Jeffrey roncar, seu som ecoando no grande salão. — E talvez uma taberna onde possamos encontrar alguma comida?

— Receio que não, minha senhorita. Tínhamos uma pousada até dois meses atrás. Queimou até o chão, os proprietários foram encontrados dentro. Receio que os ladrões os assassinaram antes de roubar tudo o que puderam encontrar e incendiar o lugar.

— Lamento ouvir isso — disse Haley enquanto olhava para seus companheiros.

— Felizmente, e infelizmente, a pousada estava vazia de hóspedes, caso contrário, provavelmente mais teriam morrido. Somos uma vila pobre. Não recebemos muitos visitantes, mas vocês podem se aconchegar em uma das lareiras aqui e passar algumas noites, se desejarem. Não temos comida para dar, mas o mínimo que podemos fazer é impedir que a chuva caia sobre vocês.

— Ficaríamos muito agradecidos, Terrence — disse Haley.

— Além de Sully, temos Siegfried e o jovem mestre Jeffrey — disse ela, apontando para cada um. Os dois se aproximaram e apertaram a mão de Terrence. O escrivão apertou calorosamente cada mão oferecida e sorriu.

— E o seu ferreiro? Acho que devo um pouco de uísque a ele, por lidar tão estupendamente com a senhora Pilkins. Ela é dura e espirituosa, se irrita rapidamente e sempre compartilha as tristezas dos outros. Embora suas preocupações hoje não sejam injustificadas, pois os ladrões queimaram colheitas, saquearam ferramentas e qualquer outra coisa que pudessem encontrar. Quando não há nada para roubar, eles encontram outras diversões. — O nó em sua garganta indicava tristeza e medo.

— Nosso ferreiro Thomas é bastante talentoso tanto em ferraria quanto em carpintaria. Tenho certeza de que ele ficaria feliz em ajudar a consertar prédios e outras bugigangas que precisam de atenção — ofereceu Sully.

— Fred Gorman, nosso ferreiro, tem trabalhado demais nas últimas semanas. Tenho certeza de que ele apreciaria qualquer ajuda que Thomas pudesse fornecer.

CAPÍTULO DEZESSETE

Fred Gorman quase chorou quando Thomas entrou em sua loja, o traje e o martelo dele parecendo ecoar uma familiaridade invisível que indicava que os reforços finalmente haviam chegado. O ferreiro de Oakville parecia insone de semanas, seu cabelo parecia desgrenhado, como se tivesse encontrado um fantasma ou uma banshee nos últimos dias.

— Você não está usando braçadeiras dos homens da rainha, então suponho que você seja um ferreiro de uma aldeia de uma região próxima — disse Fred antes de sorrir e acenar com a cabeça para Thomas.

— Cresci bem ao norte daqui antes de passar os últimos meses forjando em Glenwood. Estive procurando por... uma mudança de cenário, eu acho. — Thomas então passou um momento examinando as diversas armas e armaduras penduradas nas paredes da loja de Fred.

— Meu meio de arte preferido, pode-se dizer — comentou Fred enquanto ele também examinava profundamente suas criações. De espadas curtas a uma lança de dois metros e meio com alguns trajes ou cota de malha e armaduras de placas colocadas esporadicamente por todo o prédio, a loja de Fred parecia mais adequada para uma cidade grande do que escondida nas ruínas de uma pequena vila. — A necessidade de armas e armaduras é certamente grande por aqui no momento, mas não parece haver nenhum guerreiro fisicamente apto para manejá-las. O engraçado é que os bandidos da Neydis nunca fizeram nenhuma tentativa de arrombar e roubar nada.

— Quem é burro o suficiente para invadir e enfrentar um ferreiro furioso? — Disse Thomas.

— Não vou negar que esperava que eles tentassem pelo menos uma vez — respondeu Fred. — Tenho certeza de que teria algum prazer em esmagar alguns crânios. — Ele ficou quieto então, olhando para o martelo e esfregando a fuligem e as cinzas até que a superfície do martelo brilhasse. — Perdi muitos bons amigos nos últimos meses. Não tenho certeza de quanto ainda temos para dar, em bens ou espírito.

— Bem, espero que a sorte de Oakville esteja prestes a mudar — disse Thomas enquanto pegava um escudo de um dos bancos perto de onde ele estava. Fred olhou para cima, seus olhos cheios de esperança. — Meus companheiros estão enviando uma mensagem para a capital, solicitando que um grupo de guardas florestais seja implantado em toda a região.

— Grande chance de recebermos resposta — resmungou Fred enquanto olhava novamente para seu martelo.

— O pai de um dos meus companheiros comanda parte das forças da rainha — respondeu Thomas e Fred olhou para cima, a esperança retornando. — Imagino que um grupo de guardas florestais deve estar aqui dentro de uma semana.

— Louvado seja — respondeu Fred, balançando a cabeça enquanto contemplava a notícia.

— Enquanto isso, por que você não me põe para trabalhar,

já que é provável que fiquemos e nos recuperemos de nossa briga com alguns da tribo da Neydis.

— Gostaria de poder, mas nem eu nem a vila temos condições de contratar qualquer comerciante, especialmente ferreiros e carpinteiros. Diabos, não temos pessoas suficientes para caçar e alimentar os aldeões restantes. Oakville está acabada.

— Não tenha muita certeza disso — disse Thomas enquanto levantava o martelo. — Então, que trabalho precisa ser feito?

———

Quis o destino que Fred escoltasse Thomas até a casa da senhora Pilkins. Ela os cumprimentou hesitante quando chegaram, Fred conduzindo uma carroça puxada por um pônei cheia de telhas de cedro. Thomas sorriu e curvou a cabeça para a senhora Pilkins quando Fred os apresentou.

— Ele estará terminando seu telhado, Ellen, o que me dará tempo para começar o telhado da Família Darby.

— É muito gentil da parte de vocês dois nos ajudarem assim — disse a senhora Pilkins antes de se retirar para sua residência.

— Tenho a sensação de que vocês dois já se conheceram?

— Mais cedo no tribunal.

— Bem, isso deve ser interessante — comentou Fred antes de marchar para a casa da Família Darby, a cerca de oitocentos metros de distância. O ferreiro de Oakville deixou Thomas bem abastecido com dois odres de água, uma grande quantidade de charque de veado e algumas maças, sem mencionar uma série de pregos de qualidade e todas as ferramentas necessárias para terminar o telhado. Como Thomas havia feito uma dúzia de vezes antes, ele escalou uma escada frágil, desbotada pelo sol e trinta centímetros mais baixa do que Thomas precisava para alcançar o telhado com segurança. Claro, ele conseguiu pular a beira do telhado, mas temia a ideia de descer, lutando para encontrar o degrau mais alto da escada, usando cegamente o pé como guia.

As telhas de cedro eram fáceis de colocar no lugar, e Thomas adorava estar ao ar livre ajudando uma comunidade, como foi criado para fazer. Mais do que um dever familiar, ele aproveitou a chance de se sentir parte de algo maior. Era um sentimento que ele de repente descobriu que sentia falta, memórias de piqueniques em diferentes casas de família para ajudar a erguer celeiros, casas ou até mesmo banheiros externos. Já passava bem do meio-dia quando Terrence Morgan chegou a casa, selado em um cavalo que havia visto muitos verões.

— Saudações, Thomas. Como vai o dia? — perguntou ele ao ferreiro.

— Além de alguns golpes de martelo errantes e várias lascas de cedro cutucando minhas unhas, as coisas correram muito bem. Já estou quase terminando com as telhas. Presumo que você tenha uma mensagem ou duas?

— De fato — respondeu Terrence quando a senhora Pilkins saiu de sua casa. — Saudações, senhora Pilkins. Trago notícias da vila. A senhorita Haley, da Casa Boswell, convida os moradores ao tribunal para um jantar comunitário. Ela e seus companheiros caçaram um banquete para compartilhar junto com uma boa colheita de milho, frutas vermelhas e um pouco de sopa de alho-poró. Eles também têm notícias incríveis para compartilhar, então todos os moradores serão bem-vindos.

— Eu ficaria honrada em participar da celebração.

— Thomas? — Terrence então perguntou enquanto olhava de volta para o ferreiro. — Lorde Sullivan está procurando por você. Ele não especificou o motivo, mas parece bastante preocupado com o seu desaparecimento.

— Minhas desculpas — disse Thomas. Ele havia esquecido que não era mais um lobo solitário solto na floresta. — Vou terminar em breve e voltarei com toda a pressa.

— Muito bem, Thomas. Avisarei Lorde Sullivan assim que eu informar os moradores restantes sobre o banquete. — Com isso, o funcionário da vila seguiu em frente enquanto a senhora Pilkins voltava para dentro. Demorou apenas uma hora para terminar o trabalho no telhado e, felizmente, Thomas se firmou rapidamente no degrau superior da escada durante a descida.

— Senhora Pilkins — ele chamou depois de bater na porta desgastada de sua casa. Ela abriu a porta rapidamente e assentiu, evitando contato visual. — Seu telhado está pronto, senhora Pilkins. Imagino que você não precise de reparos por pelo menos alguns invernos.

— Foi muito gentil da sua parte e da de Fred me ajudarem com isso.

— Foi um prazer, senhora Pilkins. Como antes, espero que você possa perdoar minha grosseria. Receio que as longas horas marchando pela floresta me deixem de mau humor.

— Não pense nisso, senhor — ela respondeu antes de olhar para cima para encontrar o olhar do ferreiro. — Sinto muito por ser tão grossa. Faz muito, muito tempo que não recebemos visitantes aqui além de ladrões e assassinos.

— Bem, você não precisa mais se preocupar com eles, minha senhora. Os guardas devem estar aqui dentro de uma semana. Nenhum vilão por aí conseguiria enfrentar os guardas. Aproveite o resto do seu dia agora; Estou ansioso para vê-la no banquete. — Com isso, ele colocou as ferramentas na carroça e conduziu o pônei até a casa do vizinho. Fred estava no topo da residência, que parecia ser uma estrutura relativamente nova em comparação com as outras casas que ele havia visto dentro dos limites da vila.

— Já acabou, certo? — Fred perguntou com uma risada. — Bem, se você está disposto a isso, por que não se junta a mim para terminarmos de instalar as tábuas de pinho para a base do telhado? — Sem dizer uma palavra, Thomas subiu no telhado, feliz por ter uma escada mais resistente para subir, uma que chegava acima da borda do telhado. A equipe de ferreiros levou quase duas horas, mas eles terminaram de colocar a base para um novo telhado antes de terminar o dia.

— Ouvi dizer que vai haver um banquete hoje à noite — disse Fred enquanto descia a escada.

— Eu ouvi o mesmo — Thomas respondeu enquanto examinava o telhado em busca de ferramentas ou suprimentos perdidos. Ele então desceu a escada e bebeu profundamente de seu odre.

— Alguma ideia sobre as boas novas que Terrence pretende proclamar esta noite?

— Não tenho a menor ideia. Lordes e damas veem o mundo de forma diferente do resto de nós — Thomas disse antes de tomar outro gole de água. — Imagino que a senhorita Haley tenha um plano para beneficiar todos os aldeões. Uma pessoa de bom coração, ela é.

— Minha experiência com a nobreza não foi tão gentil e edificante — Fred comentou enquanto carregava a carroça com ferramentas. — Eu confio em lordes tanto quanto confio em um castor para não fazer uma barragem. — Thomas riu antes de dar um tapinha nas costas de seu novo amigo.

— Na verdade, conheço esses quatro há pouco tempo, mas eles têm algo especial, eu acho. A senhorita Haley é muito bondosa, embora eu não tenha dúvidas de que ela enfrentaria qualquer homem ou mulher cujo coração e cabeça fossem cruéis. Lorde Sullivan, ele é um jovem duro, mas cresceu um pouco, no pouco tempo que o conheço. Ele é justo e correto e é um espadachim incrível.

— E os outros de quem você falou antes?

— Lorde Jeffrey é um bom rapaz, e Mestre Siegfried é... bem, um adolescente tentando ser arrogante, mas falhando miseravelmente porque sua consciência o continua atrapalhando. Ele é mais corajoso do que eu pensava. Acho que estou gostando mais dele a cada dia.

— Mesmo?

— Não significa que eu não queira bater nele de vez em quando, mas ele tem sido um... amigo surpreendente.

CAPÍTULO DEZOITO

Os ferreiros ocuparam o tempo da caminhada de volta à vila trocando estratégias de engenharia, carpintaria e ferraria. Seu companheiro pônei parecia irritado porque a jornada progredia lentamente, mas os ferreiros estavam muito absortos na conversa para se importar.

— O óleo de linhaça é uma opção para um revestimento protetor — disse Thomas durante sua palestra sobre revestimentos protetores para cercas. — Gostaria muito mais se secasse mais rápido, mas certamente ajuda as cercas a suportar até os invernos mais rigorosos do norte.

— Nunca me importei muito com isso; o tempo de secagem é frustrante como o inferno — disse Fred antes de dar uma mordida no charque. — Óleo de tungue é o meu preferido. Faz o trabalho rápido e mantém as cercas protegidas. — Foi então que ouviram os primeiros júbilos dos moradores da vila reunidos em volta do tribunal. A cada passo, a multidão ficava mais barulhenta. Homens, mulheres e crianças estavam ocupados em chegar a lugar nenhum, alguns músicos tocando violinos e flautas proporcionando atmosfera para dança, jogos de esconde-esconde e conversas gerais entre adultos pairando sobre tudo, desde sucessos agrícolas até assuntos mais terríveis, incluindo as incursões da Neydis. No meio de toda a atividade ardia uma fogueira, assando as carcaças de dois grandes javalis e um alce monstruoso, três mulheres cuidando da carne, cobrindo-a com algum tipo de molho que cheirava divinamente.

— Amigos! — Terrence Morgan gritou, tentando silenciar a multidão no momento em que Thomas e Fred estavam perto de uma série de mesas repletas de tigelas de batatinhas vermelhas, frutas vermelhas variadas, saladas de feijão e uma variedade de ensopados de milho com bastante carne de porco, veado ou frango. As festividades continuaram inabaláveis enquanto Terrence apenas sorria com os júbilos cheios de alegria. Tudo o que ele podia fazer era rir. Foi então que um assobio ensurdecedor cortou o barulho, a assobiadora ninguém menos que a senhora Pilkins.

— Ouçam! — ela então exclamou antes de se virar para o escrivão da vila. Seu olhar subsequente silenciou a risada de Terrence instantaneamente, deixando o jovem administrador com uma carranca. Ele se recompôs rapidamente, no entanto, seu próximo anúncio foi a tão esperada pausa com a qual a vila sonhava coletivamente. Todos os olhos estavam em Terrence.

— Obrigado, senhora Pilkins — ele disse antes de acenar para a pequena mulher cuja mera voz o fez querer fugir para viver seus dias nas terras congeladas da tundra ártica. — Amigos e família, tenho notícias, notícias que esperávamos há muito tempo. — Sussurros entre os reunidos indicavam o absurdo aqui, pois a maioria já sabia da mensagem de Sully enviada para chamar um anexo de guardas florestais. — Como muitos já sabem, um de nossos visitantes, Lorde Sullivan, solicitou que a liderança na capital enviasse o apoio dos guardas florestais imediatamente. — Aplausos jubilosos se espalharam entre os reunidos, o que exigiu minutos de persuasão para que todos calassem a boca. — O que todos vocês não sabem — continuou Terrence —, é que recentemente recebi mensagens da capital e de nosso amado xerife, ambas confirmando que um pelotão de guardas florestais está a dias de distância de Oakville. — Mais uma vez, os aplausos ressoaram por toda a aldeia; Terrence sorriu e aproveitou as comemorações, a primeira boa notícia que pôde dar desde sua nomeação para Oakville. — Há mais, queridos amigos. A capital está enviando carroças cheias de madeira, ferramentas e comerciantes para ajudar na reconstrução a tempo do inverno. — Enquanto uma nova rodada de aplausos se espalhava, Thomas suspirou de exaustão e alívio, pois temia mais um mês preso em Oakville consertando telhados com apenas Fred para ajudar.

— Fico feliz em dizer que todas essas mensagens NÃO são de fato boas notícias. — O silêncio tomou conta da multidão instantaneamente. — Meu Lorde Sullivan e seus companheiros doaram um presente considerável em moedas para nossa amada vila. — Todos ainda permaneciam em silêncio. — Pela primeira vez, os fundos fornecerão à nossa vila uma reserva de ouro, prata e cobre para pagar as despesas necessárias no próximo ano, e isso depois que os fundos forem usados pela primeira vez para pagar as dívidas de todas as famílias de Oakville. — A celebração duraria até o início da manhã.

— Esperamos que esteja tudo bem, Thomas — disse Haley ao se aproximar do ferreiro mais tarde naquela noite. — Achamos que eles precisavam de um novo começo e não contamos com o envio de apoio militar da capital tão cedo, muito menos com o material de construção. — Ela se virou e sorriu antes de abraçar uma senhora idosa que se aproximou e agradeceu a Haley. A mulher ignorou Thomas completamente e juntou-se a um grupo próximo de moradores, quase todos bebendo cerveja e vinho.

— Vocês fizeram a coisa certa no que me diz respeito, Haley — respondeu Thomas com um sorriso, ao qual Haley retribuiu.

— Achamos que você gostaria de mais alguns dias para ajudar nos esforços de reconstrução, o que teremos o maior prazer em ajudar. — Thomas riu das palavras de Haley.

— Você consegue imaginar Siegfried no telhado de alguma cabana martelando pregos?

Haley riu com vontade. — Parece bobo — ela concordou.

— O que podemos fazer para ajudar, então?

— Preciso que todos vocês continuem fazendo o que estão fazendo. Misturem-se com os moradores e ouçam suas histórias. Um simples ferreiro como eu não é nada para eles, mas os filhos e filhas de nobres, como seus pais, podem animar os espíritos deles. Suas palavras e ações fazem as pessoas se sentirem importantes, e Oakville precisa disso, mais do que de telhados remendados e novos banheiros externos.

— É esse o cheiro que você trouxe com você? — Ambos riram de sua piada.

— Vou me banhar no riacho antes de voltar ao tribunal, não precisa se preocupar. — Lágrimas de repente brotaram nos olhos de Haley enquanto seu sorriso recuava. Ela estendeu a mão e tocou gentilmente a bochecha de Thomas antes de se inclinar na ponta dos pés para beijar a outra bochecha do ferreiro.

— Vivemos mais nas últimas semanas do que em todos os nossos anos anteriores nesta terra — ela sussurrou. — A alegria em ajudar os aldeões, a magia de Siegfried, Sully desafiando seu pai... é tudo graças a você.

— Acho que me lembro de vocês quatro ao meu lado.

— Você sabe o que quero dizer, Thomas. Nunca seremos capazes de agradecer por tudo que você fez por nós. — Com isso, Haley foi rapidamente arrebatada por um homem idoso que dançou com ela ao som da música vibrante tocada por um violinista. Olhando ao redor das várias fogueiras, Thomas viu seus outros companheiros dançando com os moradores, a alegria mais animadora. Foi então que Thomas sentiu o seu próprio cheiro.

— Sim, eu preciso de um banho. — Sem dizer mais nada a ninguém, o ferreiro se aventurou no tribunal para comprar sabão e roupas antes de pegar uma tocha e seguir até o riacho.

Thomas se enrolou em seu cobertor logo depois de voltar do banho no riacho frio. Ele primeiro colocou suas roupas lavadas em cadeiras posicionadas perto do fogo para secar. Ele gemeu profundamente enquanto espreguiçava-se, o dia de trabalho duro cobrando seu preço. Ele então caiu em um sono sem sonhos, em que permaneceu por horas até que seus companheiros embriagados e ainda jubilosos voltassem.

— Thomas! — exclamou Siegfried, sua voz aumentando quando ele tropeçou e Sully tentou manter o mago de pé. Os outros o calaram simultaneamente. — Desculpa, foi mal — respondeu ele, sua voz apenas um pouco menos alta.

— É melhor darem um pouco de água antes de ele dormir, ou ficará infeliz pela manhã — disse Thomas enquanto eles o cercavam.

— Você jantou ou bebeu? — perguntou Jeffrey. — Eu não vi você esta noite.

— Estou um pouco dolorido para travessuras assim no momento, mas vejo que todos tiveram uma boa noite.

— Definitivamente — disse Haley enquanto se sentava em seu próprio cobertor. — A comida estava deliciosa e a música... linda. Foi tudo lindo.

— Você pode querer tomar um pouco de água antes de dormir — disse Thomas com um sorriso. — Os moradores da vila estão muito gratos?

— E bem esclarecedores — disse Sully enquanto ajudava Siegfried a colocar o cobertor. — Tenho alguns detalhes sobre a fortaleza nos pântanos a sudeste daqui. Deve levar apenas alguns dias para chegarmos lá.

— Alguma ideia do que podemos encontrar? — perguntou Thomas. Ele sorriu enquanto observava Sully colocar o mago debaixo do cobertor antes de responder.

— Parece que não há muito o que esperar em termos de tesouro. Parece que a área foi limpa há décadas. Alguns acham que provavelmente há estoques de ouro e prata escondidos entre as ruínas, então achei que não faria mal dar uma olhada.

— Depende dos moradores da área. Alguma notícia de kobolds?

— Nenhuma palavra. Alguns mencionaram que um ou dois goblins perdidos foram vistos lá durante a última década, mas parece que seria uma aventura segura para nos ajudar até encontrarmos uma masmorra de verdade para explorar.

— Bem, pelo menos é alguma coisa. É melhor dormirmos um pouco.

CAPÍTULO DEZENOVE

— Tudo bem, estou acordado — Thomas murmurou em resposta a algum idiota irritante balançando seu ombro. Abrindo os olhos, ele viu que estava cercado por quatro oficiais armados, todos os quais pareciam irritados e quase indignados.

— Fora, agora — disse o policial que o acordou. Olhando em volta com a ajuda da luz do sol que entrava pelas janelas, Thomas viu que seus companheiros também estavam sendo acordados. Eles foram todos escoltados para fora, onde encontraram um xerife Wilts de aparência severa, montado em um garanhão branco que se esforçava a cada respiração. O xerife desmontou quando Thomas e os outros chegaram. Ele sorriu brevemente antes de sua expressão severa retornar. Quanto aos outros, Siegfried, Haley e Jeffrey pareciam ter problemas de equilíbrio e lutavam contra o que ele presumia serem enxaquecas.

— Eu disse que eles precisavam de água antes de dormir — Thomas repreendeu Sully, o guerreiro do grupo murmurando um "Desculpa" silencioso antes de voltar sua atenção ao xerife.

— Meu caro ferreiro — disse Wilts com um aceno de cabeça. — Meus senhores e senhorita, Terrence me enviou uma mensagem ontem, contando tudo o que vocês fizeram. É por isso que cavalguei durante a noite.

— Com todo o respeito, xerife, você não parece muito feliz em nos ver — comentou Thomas.

— Sua presença aqui é uma benção, Thomas — respondeu Sheamus. — Vocês sempre serão bem-vindos aqui, todos vocês. Temos uma dívida com vocês que nunca poderemos pagar, mas vim até aqui para pelo menos tentar. — Ele se virou para Sully e apenas encarou o guerreiro por um longo momento. — Seu pai chegou a Pourmere com um grupo de guardas no início da noite, Sully. Ele planejou continuar sua jornada noite adentro, mas eu o convenci a descansar enquanto eu seguia em frente.

— Acredito que ele estará aqui ao meio-dia? — perguntou Sully.

— No mais tardar — respondeu Sheamus. — Meus delegados e eu cavalgamos durante a noite... com ordens de proteger a aldeia e preparar alojamento para os homens de seu pai. — O xerife respirou fundo.

— E? — perguntou Sully.

— Devo colocar você e seus companheiros sob custódia até que seu pai chegue.

— Isso parece certo — disse Sully enquanto seus amigos olhavam aterrorizados, exceto por Thomas.

— Ele não tem autoridade para nos prender! — declarou Thomas. — Quais são as acusações?

— Você está livre para ir, Thomas, mas os outros devem ser detidos... não presos.

— Por quê? — perguntou o ferreiro se aproximando do rosto do xerife.

— Para nos escoltar de volta ao seminário — disse Sully. —

Acredito que ele não está feliz com nosso desafio coletivo?

— Para dizer o mínimo, Sully — respondeu Sheamus. — Seu pai planeja forçá-lo a marchar todo o caminho de volta para o seminário acorrentado. — Siegfried vomitou na última parte. — Parece que perdi uma grande festa.

— Xerife, você não pode fazer isso! — gritou Thomas. — Não fizemos nada de errado aqui.

— Não estou feliz com os pedidos que recebi e estou muito chateado por não poder participar das festividades para ajudar a homenagear todos vocês, como vocês tanto merecem. — Ele então levou um momento para olhar cada um dos heróis olho no olho. — Acima de tudo, sinto muito por não ter chegado uma hora antes.

— O quê? — perguntaram Sully e Thomas simultaneamente.

— Se eu tivesse chegado apenas uma hora antes, poderia ter detido todos vocês antes de deixarem a vila. — Levou um momento para que as palavras do xerife fossem absorvidas.

— Prepare nosso equipamento — disse Thomas a Sully. — Precisamos partir em uma hora.

— No máximo trinta minutos — interveio o xerife. — Seu pai não deve estar mais do que algumas horas atrás de nós.

Sully assentiu antes de pegar Siegfried pelo braço e correr ao tribunal.

— Agora vá, e o resto de vocês sigam Sully — disse Sheamus. — Façam as malas com rapidez e façam malas pequenas. Seu ferreiro e eu precisamos conversar. — Sem dúvida, Haley e Jeffrey correram para o tribunal, deixando Thomas e o xerife sozinhos. — Nós realmente não podemos retribuir a gentileza de todos vocês, mas como eu disse, posso pelo menos tentar minimizar nossa dívida. Para que lado você está indo?

— Ouvimos falar das ruínas a sudeste daqui. Pensei em

passarmos por lá antes de seguirmos em frente, embora realmente não tenhamos certeza depois disso.

O xerife sorriu. — Essas ruínas foram limpas, mas entendo o fascínio dela nos jovens aventureiros. Imagino que vocês encontrarão uma ou duas moedas de prata, talvez até uma peça de ouro aqui ou ali. Basta estar atento. Goblins e kobolds ocasionalmente foram vistos lá. Embora eles não tenham feito nenhum ataque aberto a vilas e cidades próximas, houve alguns desaparecimentos, com apenas pegadas de kobold deixadas para nos dizer o que aconteceu.

— Por que você não os localiza e termina as coisas?

— Esse era outro plano que Gleason tinha em andamento. Talvez os guardas cuidem das coisas. Sem um esforço conjunto de todas as aldeias do sul ou forças de socorro de uma das principais cidades, não há como atacar uma força de kobolds, muito menos goblins.

— Seremos cuidadosos e rápidos. Alguma ideia de outros lugares para explorarmos?

O xerife olhou para as árvores em profunda reflexão. Após um momento ele sorriu. — A cidade de Alden fica a cerca de uma semana de viagem a sudeste das ruínas. Conheço um homem lá, Brian Booth. Ele é um homem culto, possui uma pequena fazenda e pesca bastante em lagoas locais. Se alguém souber de masmorras e ruínas que valem a pena explorar, ele conheceria.

— Vamos procurá-lo. Obrigado pela orientação, Sheamus. — Eles apertaram as mãos rapidamente.

— É melhor você ir fazer as malas, Thomas. Assim que você estiver indo para o sudeste, enviarei um esquadrão de aldeões para o norte e os dividirei em direções diferentes um ou dois dias depois de partir. Diremos ao pai de Sully que acreditamos que você esteja entre os moradores. Isso deve lhe dar pelo menos alguns dias.

— Muito obrigado — disse Thomas antes de correr para se juntar a seus companheiros para fazer as malas para a viagem. Como acontece com a maioria dos aventureiros jovens, Thomas e os outros tinham pouco para carregar, especialmente porque haviam doado seu saque de moedas e joias para a vila. Não mais lentos por ter um burro, eles ganharam tempo dobrado, comendo charque e biscoito de bordo em movimento, em vez de pescar ou caçar carne fresca e cozinhar uma refeição adequada. Embora exaustos pelo crepúsculo, os companheiros concordaram em descansar um pouco antes de fazer tochas para continuar sua jornada à noite, dando a Sully uma vantagem ainda maior sobre os guardas de seu pai. Então, algumas horas após o pôr do sol, os exaustos companheiros se agacharam, usando suas tochas para acender uma pequena fogueira antes de dormir um pouco. Estavam cansados demais para montar guarda e ficaram por isso mesmo, pois nenhum deles tinha forças para ficar acordado. A sorte os favoreceu naquela primeira noite; eles não foram perturbados por humanos ou animais.

Pela manhã, doloridos de seus colchões de terra, os companheiros tomaram um café da manhã leve antes de se aventurarem mais uma vez, gratos pela oportunidade de se livrarem de dores nas juntas. Apesar de manterem um bom ritmo, aproveitaram para fazer pausas para descansar e fazer refeições ligeiras. Jeffrey e Thomas conseguiram até coletar alguns mirtilos para ajudar a adicionar um toque especial às suas refeições. Então, na segunda noite, Thomas e os outros decidiram que uma noite inteira de descanso era necessária. Com Haley na primeira vigília e Thomas na última, as florestas, árvores e animais da área receberam um coro de roncos, espirros, peidos e arrotos durante as horas escuras. Dois dias depois, eles chegaram às ruínas.

CAPÍTULO VINTE

A s ruínas eram um terreno baldio de paredes de paralelepípedos quebradas e vigas de carvalho fraturadas, porém fortes, que emolduravam o que Thomas e os outros concluíram ter sido uma estrutura magnífica que outrora se erguia bem acima do pântano, que agora reivindicava as terras que os terrenos da fortaleza outrora envolviam. Onde antes os caminhos de cascalho levavam penitentes, sacerdotes e irmãs a uma variedade de cômodos sagrados, pátios e jardins onde orações e canções eram a regra do dia, agora prosperava uma densa vegetação que entrelaçava as coníferas atrofiadas que de alguma forma sobreviveram ao solo saturado.

— Não há nada aqui — amaldiçoou Siegfried enquanto se virava procurando por alguma estrutura que eles pudessem explorar. O tempo, a água e a umidade haviam tomado a área e erradicado o que deve ter levado mais de um século para ser construído. Revirando fragmentos de paredes e pedras, os companheiros descobriram algumas moedas de cobre e menos de 10 moedas de prata, mas nem um pouco de ouro foi encontrado em qualquer lugar. Pegadas antigas e um pouco mais recentes deixaram claro que muitos aventureiros haviam pesquisado as ruínas e reivindicado algum prêmio, de modo que tudo o que restava eram as poucas moedas que encontravam.

— Todo esse caminho... todo esse caminho para isso? — Perguntou Jeffrey depois de pegar um achado de sorte de uma bolsa de cinto contendo cinco moedas de cobre. Ele então guardou a bolsa de cinto antes de sair para uma área ao sul das ruínas, onde uma pastagem em miniatura se espalhava.

— Não há nem ferramentas, nem armas restantes — disse Sully enquanto usava o pé para afastar as caixas torácicas, principalmente de javalis, ervas daninhas e fragmentos de pedras das paredes. — Bem, acho que perdemos muito tempo.

— Apenas continue procurando — disse Haley, lançando um olhar furioso para Sully.

— Ei, pessoal?! — Jeffrey gritou a cerca de quatrocentos metros de distância. — O que significa quando você caminha sobre um pedaço de chão que range e soa oco? — Eles se viraram para olhar bem a tempo de ver Jeffrey cair por um alçapão. Após um breve grito e um audível choque de um corpo humano contra o chão, eles ouviram seu lamentável ladino exclamar: — Ai!

———

Jeffrey mal conseguia distinguir os rostos de seus companheiros, todos parados em volta do alçapão pelo qual ele havia caído. À sua esquerda havia uma pequena passagem que conduzia para mais fundo na terra. Fora isso, ele estava cercado por paredes de quase quatro metros e meio, escuras e viscosas, pelas trepadeiras enlameadas que se estendiam pelas superfícies verticais. Então, de repente, uma dor queimou o topo de seu crânio. Estendendo a mão, esta foi impedida pelo que parecia ser uma estalagmite, embora fosse feita de madeira. Tateando ao redor de sua cabeça, Jeffrey descobriu que seu couro cabeludo estava úmido e ele podia sentir os cabelos do topo de sua cabeça grudados em sua mão.

— Encontramos um jeito de descer! — exclamou Haley. — Estamos a caminho, Jeffrey! — Siegfried descobriu degraus esculpidos nas paredes do fosso, muito parecidos com uma escada. Com Sully descendo primeiro, seguido por Haley e sua bolsa de remédios, os companheiros desceram lentamente, pois mais de um pé escorregou um pouco durante a descida. O poço em si tinha cerca de dois metros e meio quadrados. Quanto à "estalagmite" de Jeffrey, que na verdade era apenas uma das várias lanças de um metro e meio cravadas no chão, fato revelado quando Thomas acendeu uma tocha.

— Isso que eu chamaria de sorte — disse Sully enquanto olhava para o chão do poço. Enquanto uma lança raspou a cabeça de Jeffrey, outra se ergueu entre as pernas do ladino. — Mais um centímetro ou dois e você seria um eunuco.

— Calado! — disse-lhe Haley com raiva. — Faça algo útil e verifique a passagem. Seu maldito guerreiro. — Sully sorriu antes de estender a ponta de uma tocha para a de Thomas. Depois que uma chama ardeu, ele e Siegfried se moveram para a passagem.

— O que você acha, doutora? — perguntou Thomas enquanto aproximava sua tocha para que Haley avaliasse e cuidasse dos ferimentos de Jeffrey.

— Jeffrey, você pode mover seus braços e pernas? — perguntou ela. — Como estão suas costas?

— Minha cabeça dói, mas minhas costas estão apenas levemente doloridas — respondeu Jeffrey antes de se mover e levantar os braços e as pernas lentamente. Ele então mexeu os dedos das mãos e dos pés. — Tudo parece bom. — Ele começou a se levantar, mas Haley rapidamente o empurrou suavemente para o chão.

— Espere, senhor. Ainda preciso verificar o ferimento em sua cabeça. — Haley então começou a derramar um pouco de água em seu couro cabeludo. Ele estremeceu e sibilou.

— Como diabos você escapou das lanças? — perguntou Thomas olhando para o chão do poço.

— Você está surpreso ou chateado? — respondeu Jeffrey, olhando para o ferreiro.

— Fique parado! — gritou Haley.

— É melhor ficarmos quietos, irmãzinha — sussurrou Thomas. — Não sabemos quem ou o que mais está aqui embaixo. Como está a cabeça dele?

— Ele teve sorte, com certeza. Ele provavelmente vai acabar com uma careca e um susto, mas...

— O QUÊ? — gritou Jeffrey.

— Fique parado! — alertou Haley. — Quanto mais você se contorcer, pior será a cicatriz. — Ela olhou em sua bolsa e retirou um frasco dentro do qual guardava uma pasta amarela. — Isso ajudará a cicatrizar. Apenas tente não coçar.

— Por que a pasta é... amarela? E por que cheira assim?

— Não pergunte — responderam Haley e Thomas simultaneamente. Minutos depois, Haley e Thomas ajudaram Jeffrey a se levantar antes de conduzi-lo para a passagem. Uma vez lá, Thomas voltou-se para todos.

— Ouçam. As lanças naquele poço estavam cobertas de alcatrão. Bem, todas menos aquela que engenhosamente marcou a cabeça do nosso amado ladino. — Risos se espalharam por todos, menos por Jeffrey. — Silêncio — repreendeu Thomas. — A lança que sua cabeça encontrou é relativamente recente. Não estamos sozinhos aqui. — E foi então que a aranha atacou.

CAPÍTULO VINTE E UM

O monstro era cinza e marrom, peludo e aterrorizante. Seu primeiro ato foi bater com as duas patas dianteiras nas costas do ferreiro, o que fez Thomas voar de cabeça para um teto baixo acima de onde começava a passagem que levava ao fosso. Thomas desmaiou no minuto em que sua cabeça bateu no teto de pedra. O monstro de oito patas não deixou tempo para atender o ferreiro. Com seus seis olhos gigantescos refletindo a luz de suas tochas, a aranha investiu contra Siegfried, o companheiro mais próximo. Paralisados de medo, Siegfried, Haley e Jeffrey ficaram impotentes enquanto a ação se desenrolava. Infelizmente para a aranha, um Sully enfurecido agiu mais rápido. Seu pai havia chamado aquilo de A Fúria do Bárbaro. É claro que as designações militares ou os avisos do senhor no calor da batalha não significavam nada, especialmente para Sully.

— Morda isso, bastarda! — gritou Sully enquanto se movia para o lado da aranha com sua espada em punho, forçando os dois combatentes contra a parede da passagem. A espada cortou fundo. O sangue escorreu da ferida imediatamente depois que o aracnídeo empurrou Sully para longe, o guerreiro mantendo um aperto sólido de sua espada. A aranha novamente se voltou para Siegfried, mas o mago estava pronto. Com as mãos cobertas de componentes de magia, Siegfried conjurou a magia... faltando apenas uma palavra. A aranha a poucos metros de Siegfried, tanto o monstro quanto o mago foram impactados pela falha em conjurar a magia. Um raio atingiu as mãos de Siegfried e a cabeça da aranha, queimando severamente o monstro enquanto que atordoava o mago. Sully voltou segundos depois, sua espada cortando o torso da aranha, sua raiva intensificada mil vezes. Com essa raiva, Sully cortou a pele da aranha, infligindo vários ferimentos críticos, que deixaram o monstro incapaz de montar qualquer defesa. De novo e de novo, a espada martelava o inimigo enquanto o sangue espirrava no ar cobrindo tanto Sully quanto seu inimigo.

— Sully! — Exclamou Jeffrey, tentando afastar o guerreiro de seu ataque, mas ele continuou cortando o monstro. — SULLY!

Sully parou no meio do golpe, sua respiração ofegante e seus olhos focados na carcaça diante dele.

— Acabou, Sully — disse Jeffrey, sua voz baixa. Sully olhou para o amigo antes de voltar o olhar para a aranha. As pernas do monstro tremeram um pouco enquanto a culpa por sua raiva consumia Sully. Com um corte na cabeça da aranha, seu cérebro sendo o alvo do lutador, a forma do monstro ficou rígida enquanto o que restava da vida escoava em poças de sangue.

———

— Ah... me sinto bem melhor — disse Siegfried enquanto Haley cobria as mãos com o resto da pasta amarela que havia aplicado anteriormente na cabeça de Jeffrey. — Bem, esta coisa tem um cheiro horrível, mas certamente é reconfortante — acrescentou ele enquanto olhava para as queimaduras de segundo grau que cobriam suas mãos.

— Eu não tenho mais, então não molhe as mãos por pelo menos algumas horas — ela aconselhou enquanto embalava seus suprimentos.

— O que há nessa porcaria? — perguntou Siegfried.

Haley parou de se mexer e olhou para Siegfried antes de voltar aos seus suprimentos.

— Nada muito exótico. Algumas ervas, especiarias... um pouco de urina fervida.

— O quê?!

— Você perguntou.

— E Thomas? — perguntou Jeffrey enquanto ouvia o padrão de respiração do ferreiro.

— Deixe-o em paz — disse ela. — Ele vai ficar inconsciente por horas, eu imagino. Ele deveria estar usando um elmo. Nada a fazer por ele agora, a não ser esperar até que ele acorde.

— E depois? — perguntou Jeffrey.

— E então podemos dizer se ele sofreu algum dano cerebral. — Enquanto seu tom era frio, clínico, cada fibra do coração de Haley estava sendo tensionada. Ela se aproximou e se ajoelhou ao lado de Thomas. Ela então o beijou suavemente na testa. — Não se atreva a me deixar, irmão. — Ela então gentilmente afastou o cabelo do ferreiro de seus olhos. Ela voltou sua atenção para Sully, caminhando até onde ele estava sentado, de costas para a parede e com o traseiro no chão.

— Uma moeda de cobre por seus pensamentos — disse ela enquanto se agachava ao lado dele. Sua cabeça se movia lentamente, mas seus olhos estavam claros, atentos.

— Estou exausto — sussurrou ele. — Não sei o que deu em mim.

— Isso acontece com muitos guerreiros em combate — respondeu ela enquanto afastava o cabelo dos olhos dele. — Esse nível de raiva o torna quase imparável, mas sua força é drenada rapidamente. Você vai precisar se mover devagar por um tempo. Eu recomendaria que recuássemos para a superfície, mas não há como levar você ou Thomas para cima na escada de pedra.

— Eu posso fazer isso.

— Você pode coisa nenhuma — disse ela, empurrando a mão contra o peito dele enquanto ele tentava se levantar. — Você fica aqui e descansa, apenas. Jeffrey, venha aqui. — Ela se virou e o ladino não estava por perto. Depois de uma rápida varredura, ela viu Jeffrey cerca de nove metros abaixo da passagem.

— Encontrei uma porta — disse Jeffrey. Nem dois segundos depois, Haley ouviu o som de uma fechadura sendo destrancada, após o que Jeffrey e sua tocha desapareceram na escuridão. — Ei, encontrei um baú de tesouro!

CAPÍTULO VINTE E DOIS

Certamente carecia de ornamentação de qualquer tipo, mas a visão do baú trouxe um enorme sorriso ao rosto de Jeffrey. Era além de atraente, quase como se o chamasse. À luz das tochas, o baú parecia ser de carvalho com fechadura e outros acessórios de latão. Ele simplesmente não conseguia se conter. Sem verificar a fechadura em busca de armadilhas, Jeffrey levantou a tampa, onde não viu nada além de uma caixa vazia. Seu coração afundou. Seu desespero durou pouco quando dentes emergiram da borda da tampa e um braço gelatinoso se estendeu do lado do baú, dando um tapa no rosto do ladino. Ele caiu instantaneamente no chão, sua bochecha queimando onde o braço o atingiu. Sua tocha caiu no chão, de onde sua luz fornecia uma sombra assustadora para a criatura no baú. A sombra aproximou-se, o som de um baú de madeira deslizando pelo chão anunciando a aproximação da criatura. Jeffrey gritou.

Haley e Sully estavam lá em momentos, hipnotizados pela cena que encontraram, eles entraram em modo de combate rapidamente, determinados a salvar seu amigo. Enquanto

Sully avançava, o braço da criatura se estendeu e agarrou a espada do guerreiro, arrancando-a das mãos de Sully. Ele ouviu a lâmina da espada chiar ao alcance da criatura. Um segundo depois, a criatura lançou a espada para longe antes de estender a mão para agarrar o guerreiro. Sully se esquivou com sucesso do braço estendido, caindo e rolando no momento em que Haley atacava com uma tocha. A criatura do baú recuou momentaneamente das chamas, mas a recuada simplesmente parecia permitir que ela mudasse de tática. Mais dois braços emergiram do lado da criatura, um movendo-se para afastar a tocha enquanto o outro agarrava o tornozelo de Haley. Puxada de seus pés, Haley gritou quando o membro da criatura queimou sua carne. Largando a tocha, ela tentou cravar as unhas no chão para se arrastar em direção à saída, mas suas unhas não conseguiram cravar no chão de pedra; a criatura a puxou para mais perto.

Sully, com a criatura distraída, recuperou a tocha e começou a acená-la na cara da criatura, ou pelo menos o que ele pensou ser o rosto da criatura, pois tinha dentes à mostra. Jeffrey então agarrou os braços de Haley e a arrastou para longe da criatura. Os combatentes estavam em um impasse com ambos pensando em um movimento. Então Siegfried estava lá. Armado apenas com sua sacola de rações, ele jogou comida aos pés da criatura. Em resposta, outro apêndice brotou de dentro do peito da criatura, muito parecido com uma língua, e agarrou a comida oferecida. Com a atenção agora voltada para o charque e biscoito de bordo, a criatura soltou Haley. Sem hesitar, os companheiros se retiraram da sala, Sully fechando e trancando a porta.

Haley se contorceu de dor, segurando o tornozelo. Siegfried correu para ajudá-la, derramando água para limpar a ferida. Ela gritou mais alto.

— Minha bolsa, frasco de prata, seu idiota! — gritou ela

enquanto se debatia. Demorou vários minutos terrivelmente longos para encontrar o frasco, que continha um fluido desconhecido. — Despeje! — Siegfried obedeceu, lutando arduamente para ignorar o odor da substância enquanto a aplicava no tornozelo dela, primeiro colocando um pouco na palma da mão. O fluido que ele aplicou queimava em sua mão onde quer que tocasse um corte. Ele lutou contra aquela dor e seus gritos para ter certeza de que cobriria cada centímetro da ferida que a criatura havia rasgado pela bota de Haley.

Aterrorizado além da crença, Jeffrey agarrou a tocha e correu para a porta mais próxima.

— Não! — gritou Sully. Era tarde demais. Jeffrey abriu a porta mais próxima apenas para se deparar com uma gigantesca cobra com asas. A coisa se virou e olhou para o ladrão enquanto sibilava, suas asas batendo soando como os ventos que anunciavam a chegada de um furacão.

— Aaaaah! — gritou Jeffrey enquanto fechava a porta. Do outro lado, a coisa em forma de cobra bateu na porta, forçando-a a abrir vários centímetros. Jeffrey recuou e fechou a porta mais uma vez. Por vários segundos humanos e monstros trocaram golpes na porta. Então, Sully chegou e ajudou a fechar a porta antes de estender a mão e deslizar o ferrolho da porta no lugar. O monstro bateu mais algumas vezes na porta antes de relaxar. Seu assobio era no mínimo enervante, mas Jeffrey e Sully, lutando para respirar, logo abafaram o assobio com suas próprias respirações. Os gritos de Haley reduzidos a gemidos, Sully olhou para Siegfried e acenou com a cabeça. Ele então voltou sua atenção para seu amado ladino.

— Se você abrir outra maldita porta, eu mato você. — Ele teria dito mais, mas de repente e silenciosamente incontáveis goblins emergiram das sombras, todos portando lanças apontadas diretamente para os companheiros.

———

Sully e os outros se viram contidos pelos soldados goblins, mas não antes de cuidarem do tornozelo de Haley, aplicando uma pomada verde com consistência pastosa. Todos os goblins usavam peitorais de couro sobre túnicas de algodão tingidas de azul. O aparente uniforme incluía calças de algodão marrom e botas polidas que cobriam as panturrilhas dos goblins. Quanto ao goblin que administrava assistência médica, seu uniforme incluía manoplas de couro vermelho.

— Isso deve ajudar a aliviar a dor, senhorita — disse o goblin curandeiro antes de dar um odre a Haley. — Agora beba isso rápido — disse ele, encorajando-a enquanto ela drenava o odre com um líquido com sabor de cereja.

— O que é que foi isso?— perguntou ela depois de terminar.

— É um analgésico para ajudar quando o agente entorpecente passa. Não se preocupe, a pomada que administrei em seu tornozelo deve eliminar a bactéria que causa a dor mais intensa.

— Tudo bem, vamos em frente — disse um goblin de estatura mediana ao se afastar do resto. Ele usava uma espada curta amarrada ao cinto e uma capa amarela brilhante. O recém-chegado olhou por cima do ombro para a escuridão. — Alguém corra até o chefe e avise que temos uma aranha para ele preparar. Parece que teremos sopa de aranha e gulache para os próximos dias, rapazes. — Uma série de grunhidos de aprovação se espalhou pelas fileiras dos goblins. — Tudo bem, vamos lidar com essa ralé.

Livres de suas armas e posses, os companheiros foram escoltados pela passagem, Thomas arrastado por dois goblins musculosos que se elevavam sobre todos. A passagem tinha pelo menos sessenta metros de comprimento, com portas trancadas a cada quatro a seis metros.

— Aonde você está nos levando? — perguntou Sully quando chegaram a uma escada que descia mais para dentro da terra. O goblin líder caminhou até Sully e sorriu.

— Eu estou levando vocês para o nosso mestre. Ele está esperando ansiosamente a chegada de vocês.

— O que vai acontecer conosco? — perguntou Haley, chamando a atenção do goblin.

— Você será julgada, minha senhora. Mas, não se preocupem. Nosso mestre é bastante justo. Se forem considerados inocentes de qualquer delito, vocês serão libertados.

— E se formos considerados culpados? — perguntou Haley imediatamente.

— Bem, se forem considerados culpados, vocês serão jogados na masmorra por quantos anos o mestre julgar apropriado. Bem, a menos que ele decida comê-los imediatamente.

CAPÍTULO VINTE E TRÊS

Os goblins conduziram os companheiros escada abaixo por quase meia hora, passando por muitos andares, cada um marcado por tochas revelando mais celas com portas trancadas. A jornada deles chegou ao final da escada, onde foram conduzidos a uma imensa caverna cheia de pilhas de moedas de ouro, prata e cobre, junto com uma variedade de joias e diversos itens de ouro e prata. Cálices, castiçais, harpas, armaduras e elmos eram o esteio aqui, mas outros itens também estavam nas pilhas de tesouro. Jeffrey, maravilhado com a visão, esqueceu completamente o fato de que eles estavam sob custódia de goblins e indo a julgamento.

Ao longo do caminho, eles encontraram os restos mortais de um humano amarrado a um poste. O comandante goblin parou por um momento e deu um tapinha na cabeça do esqueleto. Sully estava perto o suficiente para ver que os restos tinham apenas um artefato anexado; um botão que dizia: "responda tudo"

— Não sei quem ele era, mas alguém não gostou muito dele — murmurou Sully. O comandante goblin os liderou.

Ao chegarem ao outro lado da caverna, eles entraram em um corredor que levava a outra câmara com apenas um terço do tamanho do cofre do tesouro que haviam atravessado. A câmara estava cheia de cadeiras, todas voltadas para um estrado sobre o qual havia uma pequena cadeira de madeira. Alguns goblins estavam sentados por toda a sala, mas fora isso, tudo estava quieto e sem humanoides.

— Espere aqui — ordenou o comandante. — Vou informar o mestre de sua chegada. — Ele marchou até o estrado e entrou em uma passagem na parede atrás do estrado e sua única cadeira. O comandante apareceu momentos depois e acenou para os goblins avançarem. Em instantes, os companheiros estavam diante do estrado, os dois goblins musculosos ainda carregando Thomas. Por muito tempo eles esperaram, ponderando sobre as palavras de justiça do comandante e sobre serem comidos imediatamente. De repente, um berrante soou e todos os goblins, exceto aqueles que seguravam Thomas, se ajoelharam. Os cativos humanos também se ajoelharam, encorajados pelos goblins. Foi então que surgiu uma criança humana, um menino de orelhas pontudas, olhos azuis cristalinos e um nariz relativamente grande. Sully pensou que a criança ainda não tinha visto dez verões.

Contornando a cadeira, a criança caminhou até a beira da câmara e olhou nos olhos de todos os prisioneiros. O menino parecia pensativo em seu olhar, em vez de zangado ou vingativo. Então, quando finalmente olhou para Thomas, balançou a cabeça.

— Isso não vai funcionar — disse o menino enquanto caminhava até a forma imóvel do ferreiro. — Ferimento na cabeça? — o menino perguntou, seus olhos imediatamente se voltando para Haley.

— Sim. Ele foi jogado de cabeça contra uma parede. — A criança assentiu e voltou seu olhar para Thomas.

— Uma concussão, pelo menos, eu acho — disse o menino enquanto colocava suas mãos agora brilhantes muito gentilmente na testa de Thomas. O ferreiro de repente respirou fundo e imediatamente acordou e ficou alerta. — Você ainda precisará de tempo para se curar, mas garanto que se recuperará totalmente com o tempo, meu bom ferreiro. — O menino olhou para o cinto de Thomas onde estava pendurado o martelo de ferreiro. — Comandante, este homem ainda está armado.

— Mestre? — perguntou o comandante, sua voz quebrada pelo medo.

— Você deixou o ferreiro com seu martelo — disse o menino, sua voz sem nenhum sinal verdadeiro de medo ou preocupação. — Um martelo lançado por um ferreiro é tão mortal quanto uma espada nas mãos de um cavaleiro.

— Minhas desculpas, meu mestre. Removam o martelo do humano — ele acrescentou, redirecionando a ordem a um goblin parado ao seu lado.

— Não se preocupe, comandante — disse o menino. — Não sinto nenhuma vontade má neste homem. Só peço que você tenha isso em mente para o bem do futuro. — Dito isso, o menino se virou e subiu no estrado antes de se sentar na cadeira. Foi a menor das sombras que o menino lançou, mas Thomas notou mesmo assim. O terror encheu sua alma quando o cheiro de carvão o dominou.

— Eu sou Heródoto — o menino anunciou corajosamente. — Eu dou as boas-vindas à minha casa. Por favor. Levantem-se. Não precisamos atenuar o espírito desta reunião com formalidades desnecessárias. — Todos se levantaram, com exceção de Thomas. O ferreiro caiu de joelhos enquanto mexia na bolsa do cinto.

— Isso é tudo o que tenho em moedas, prata e cobre — disse Thomas enquanto virava sua bolsa de dinheiro, espalhando uma variedade de moedas no chão da caverna. — Minha homenagem, em gratidão pela lição que você me ensinou hoje, Ancião. — Que diabos você está fazendo? — Jeffrey exigiu com raiva. — Thomas lançou-lhe um olhar que silenciou o ladino instantaneamente. Heródoto, enquanto isso, acenou com a cabeça para Thomas em aprovação.

— Eu sou, para o bem ou para o mal, seu anfitrião... e mestre desta masmorra, minha morada mais humilde — disse o menino. — Tendo viajado para cá sem ser convidado, alguém pensaria que um presente seria apropriado. Você não concorda? Quero dizer, sinceramente, já faz anos desde que convidei alguém, então estou muito feliz em conhecê-los. Ainda assim, vocês estão invadindo para dizer o mínimo. Vocês não são ladrões, espero? — Ele olhou para os companheiros de Thomas, um após o outro, antes de fingir alívio. — Eu detesto aqueles que entram tentando roubar o que levei mais de dois séculos para acumular por meio de guerras e disputas. — Heródoto então olhou para Thomas.

— Muito bem, meu querido ferreiro — disse o "menino" enquanto avançava e se inclinava para pegar um pouco do tributo do ferreiro. — Bem fundamentado. Verdadeiramente inspirador, já que você é apenas um ser humano e tudo.

— Quanto tempo? — perguntou Thomas a Heródoto. O menino riu.

— Para ser sincero, meu querido...

— Thomas.

— Glorioso... Meu querido Thomas. Depois dos primeiros séculos, tendemos a esquecer o tempo, suas idas e vindas. O mundo é eterno para nós, e nós simplesmente existimos para aprender...

— E para ensinar — interrompeu Thomas.

— Verdade. Para aqueles afortunados o suficiente para

ouvir e seguir nosso conselho. — Heródoto tirou cinco moedas de prata de sua mão, devolvendo-as a Thomas. — Uma prata para cada um de vocês, o que deve ser suficiente para conseguir uma refeição ou uma cama, dependendo de suas necessidades na próxima semana. — Thomas pegou a oferta e colocou cada uma na bolsa do cinto.

— Sua generosidade é muito apreciada, Ancião. — Thomas então abaixou a cabeça antes de se levantar e dar vários passos para trás.

— Quanto ao resto de vocês, joguem todas as moedas que tiverem a seus pés — disse Heródoto, seu tom bastante jovial.

— Façam o que ele manda — disse Thomas sem olhar para trás. Ninguém se mexeu. — Se vocês valorizam a vida de vocês e desejam ver outro nascer do sol, esvaziem suas bolsas! — Demorou um minuto, mas a curandeira despejou suas moedas seguida pelo guerreiro, o mago e, finalmente, com grande relutância, o ladino.

— Quanto ao mágico, se você puder fazer a gentileza de deixar para trás seu grimório.

— Eu sou um mago — disse Siegfried, com um toque de agressividade em sua voz.

— Levará décadas até que você atinja esse nível entre os conjuradores, meu querido mágico. Quanto ao tomo, você o adquiriu por sorte. Ele contém magias muito além de suas habilidades, para dizer o mínimo. Para sua segurança, de seus companheiros e do próprio mundo, exijo que você o entregue a mim.

Com grande relutância, Siegfried removeu o tomo arcano de sua mochila antes de colocá-lo suavemente no chão da masmorra. Ele olhou para o menino como se seu coração tivesse sido arrancado. Heródoto acenou com a cabeça para um soldado goblin que recuperou o grimório antes de entregá-lo ao seu mestre. Heródoto colocou o grimório no colo.

— Quais são as acusações, comandante? — Heródoto perguntou, virando-se para o goblin de capa agora parado atrás de um pódio.

— Os intrusos entraram no terreno sem convite depois de primeiro remover as moedas das ruínas acima. Além disso, eles atacaram criaturas de seu zoológico, ferindo gravemente um mímico, enquanto perturbavam o resto de sua serpente, Chrysopelea. — Heródoto imediatamente olhou para Jeffrey.

— Ela está bem?

— Sim, Mestre — respondeu o comandante. — Um pouco agitada, com certeza, mas seu zelador me garantiu que Chrysopelea está livre de ferimentos. — O menino recostou-se na cadeira, abaixando a cabeça enquanto pensava. Longos momentos se passaram.

— Alguma coisa digna de nota em defesa desses intrusos?

— De fato, Mestre. Outra das aranhas encontrou seu caminho para os túneis. Os humanos despacharam a besta antes que ela pudesse ferir qualquer um de seus cidadãos.

— Muito bem — Heródoto respondeu antes de se levantar. — Agora, vocês podem partir, mas não levem nada das cavernas acima ao se retirarem.

— Como desejar, Heródoto — Thomas disse reverentemente. — Ancião?

— Sim, Thomas?

— Espero vê-lo novamente, com as estrelas acima de nossas cabeças e você e eu compartilhando um pouco de uísque.

— Veremos. Por enquanto, que Mishamai, Deusa do Céu Eterno, proteja vocês e os guie em segurança até o fim de sua jornada. Mostre o caminho até a porta, comandante.

CAPÍTULO VINTE E QUATRO

O comandante goblin os conduziu de volta ao cofre e a um corredor diferente daquele que eles usaram quando viajaram no subsolo para o covil de Heródoto. Não muito depois do corredor, um dos goblins chamou o comandante em um idioma que os humanos nunca tinham ouvido. Por sua vez, o comandante parou a procissão e voltou para ficar na frente de Sully.

— Mantive as coisas em um ritmo lento, mas você ainda parece sem fôlego pela fúria dos trovões — disse o comandante.

— O quê? — perguntou Sully.

— Nosso mestre disse que você lutou contra a aranha enquanto invocava a fúria dos trovões. Significa lutar com a raiva de mil vespas. Invocar essa força geralmente esgota todas as forças de um guerreiro. Você se comportou bem durante nossa visita ao mestre, mas não precisa mais esconder seu cansaço. — Ele se virou e chamou o curandeiro goblin que ofereceu um frasco para Sully. — Beba agora — disse o curandeiro. Sully fez o que lhe foi pedido. Ele instantaneamente sentiu um calor em seu peito e a força voltando aos seus braços.

— Obrigado — Sully disse enquanto acenava para o curandeiro goblin e para o comandante. O grupo então continuou sua jornada por um longo corredor que se estendia por vários quilômetros. No final do corredor havia uma escada circular de madeira que subia na escuridão. Ao subir as escadas, Thomas sentiu uma robustez semelhante ao trabalho de pedra que ele encontrou feito por pedreiros qualificados. Ele não tinha dúvidas de que um tornado não derrubaria a escada, então ele subiu sem hesitar. Os outros o seguiram. Demorou mais de meia hora para chegar ao topo, onde um pequeno corredor levava a uma parede de pedra, quando o comandante goblin gritou na língua goblin. Um imenso rangido trovejou no ar e uma costura apareceu. Foi um feito magnífico, eles testemunharam uma porta ser revelada e aberta onde antes havia uma parede sólida. O comandante os conduziu para a noite fria e fresca. Apenas o comandante e alguns de seus tenentes acompanharam os companheiros para fora, embora muitos dos soldados goblins assentissem em reverência a Sully quando ele saiu da caverna.

— Relon, as malas — o comandante ordenou enquanto três goblins avançavam. O chamado Relon cumprimentou o comandante antes de oferecer a primeira bolsa. Ele a entregou para Haley.

— Minha senhorita, um sinal de estima de meu mestre — disse o comandante. — Suas posses, junto com três das poções de cura para ajudar seu guerreiro caso ele invoque a fúria dos trovões novamente. Nossos cirurgiões também notaram que você estava com poucas ervas curativas; eles reabasteceram.

— Obrigada — disse Haley, balançando a cabeça enquanto aceitava as coisas dela.

— Para o guerreiro, meu mestre oferece isso — disse o

comandante enquanto Relon trazia outra sacola. — Seu odre, facas e um saco de dormir para suas viagens. Ele também desejou que você tivesse esta espada. — Outro goblin deu um passo à frente e entregou a Sully uma espada em uma bainha. — Que isso se junte a você como um na próxima vez que você dançar entre seus inimigos. — Sully acenou com a cabeça para o comandante e seus assistentes.

— Meu caro ferreiro — disse então o comandante, sorrindo para Thomas. — Todos os seus bens guardados com exceção de suas moedas foram devolvidos a você. Nosso mestre também pediu que eu lhe desse isso. — Ele estendeu a mão segurando um grande frasco de metal. — Uma amostra do melhor uísque do meu mestre, para você e somente para você. — Thomas aceitou ansiosamente o frasco junto com suas poucas coisas terrenas dele. — A propósito, ferreiro. Você tem um martelo de guerra impressionante. — Thomas sorriu e acenou com a cabeça para o comandante. O goblin líder então ficou diante de Siegfried.

— Com os cumprimentos de meu mestre — o comandante disse enquanto Relon estendia um livro encadernado em couro. O mágico olhou para Thomas. O ferreiro sorriu e acenou com a cabeça, então Siegfried pegou o livro. Abrindo-o na primeira página, ele encontrou uma inscrição:

"Para Siegfried... Caminhe com cuidado e com um propósito puro de coração. Atenciosamente, Heródoto."

Examinando as páginas subsequentes, ele encontrou uma variedade de magias, com listas de componentes mágicos necessários e instruções somáticas e verbais para cada uma. Além da inscrição na primeira página, o mágico só conseguia ler uma magia.

— Tudo o que consigo decifrar são as direções das mãos flamejantes — disse Siegfried com um sorriso. Ele então fechou o livro e segurou-o contra o peito.

— Você está bem? — perguntou Thomas.

— A pesquisa e o estudo me guiarão para que o resto seja revelado — respondeu Siegfried.

— Quanto tempo vai levar? — perguntou Haley, pousando gentilmente a mão no ombro do amigo.

— O resto da minha vida, meus amigos — disse ele com um sorriso glorioso. — O resto da minha vida. — Por fim, o comandante parou diante de Jeffrey. O goblin não sorriu mais.

— Desista, ladino — disse ele. — Desista ou vou estripar você aqui mesmo.

Jeffrey olhou em volta timidamente antes de cuspir um rubi do tamanho de um polegar. Relon pegou o rubi e o enxaguou rapidamente com um odre. — Todos vocês são bemvindos para partir e retornar, caso busquem mais orientações de meu mestre. — Ele então se voltou para Jeffrey. — Bem, eu o advertiria de voltar, ladino. A cidade de Alden fica a cerca de dois dias de marcha daqui, direto para o sul. A partir daí vocês devem encontrar muitos caminhos que valem a pena seguir. Que vocês sempre encontrem paz no final de sua jornada. — Com isso, os goblins voltaram para as cavernas enquanto os companheiros se dirigiam para o sul.

Thomas e os outros acamparam uma hora ao sul da caverna. Thomas acendeu o fogo enquanto os outros vasculhavam seus pertences. Com exceção de Jeffrey.

— Você ia nos contar sobre o rubi? — perguntou Thomas, sorrindo para Jeffrey enquanto o jovem olhava para seus pés.

— Está tudo bem, Jeffrey. Está tudo bem. — Com isso, Thomas jogou um cobertor para o amigo. — Isso vai mantê-lo aquecido durante a noite.

— Você vai nos contar o que aconteceu lá? — perguntou Haley.

Thomas riu enquanto olhava por cima de seu martelo de guerra. — Todos vocês precisam estar atentos às sombras. —

Especialmente você, mago. — Ele então sorriu para Siegfried, que parecia tão perplexo quanto todos. — Criaturas de magia podem se transformar em outros seres, mantendo sua perspicácia e memórias, ou assim minha mãe e meu pai me disseram. Dito isso, mesmo essas criaturas lançam sombras, e as sombras revelam o eu mais verdadeiro. As sombras podem revelar até o maior dos segredos.

— O que isso significa? — perguntou Sully.

— Bem, Sully, Heródoto era um garoto de dez anos no comando de um exército goblin, ou era um dragão gigante transformado em menino. Eu vou deixar você escolher qual. Eu vou dormir.

———

Eles chegaram à Alden em dois dias. Com Siegfried jogando suas rações coletivas para o baú do tesouro com presas, eles confiaram nas proezas de pesca de Thomas para garantir as refeições. Ao entrarem na cidade, dirigiram-se à estalagem mais próxima, onde Thomas conseguiu trabalho como ferreiro, trabalho que lhes permitia dormir no celeiro do dono da estalagem. Os outros encontraram trabalho limpando, cozinhando e servindo refeições nos desjejuns e jantares, mas apenas Thomas recebia algum pagamento por seus serviços. Refeições gratuitas e o telhado do celeiro eram todos os outros garantidos. Uma vez definida a rotina, cada companheiro buscava seus pontos fortes para garantir recursos adicionais. Haley trabalhava como escriba no tribunal da cidade, o que lhe rendeu alguns cobres para redigir cartas, testamentos e decretos de terras. Sully passava os fins de semana na serraria, ajudando no transporte de madeira para as aldeias e cidades vizinhas, principalmente para a construção de celeiros.

Jeffrey recorreu a seus talentos culinários para ganhar um

salário. Embora o dono da estalagem ainda não pagasse, ele recebia gorjetas de cidadãos ricos da cidade, especialmente aos domingos, quando a cidade se reunia para missa e outras reuniões semanais. Siegfried trabalhou pouco porque suas mãos ainda estavam se curando. Ele levou um tempo considerável para estudar seu novo grimório, familiarizando-se com os componentes mágicos, bem como com as palavras e gestos alinhados com a única magia que ele conhecia. Ele não queria repetir o que aconteceu ao lutar contra a aranha.

Foi no início da quarta semana, pouco depois de servirem o café da manhã, que os companheiros se dirigiram para os subúrbios ao sul de Alden. Lá, em uma fazenda isolada, encontraram Brian Booth. Brian sorriu brilhantemente quando eles se aproximaram enquanto ele dava sementes e nozes para alguns esquilos voadores. Ele riu um pouco quando eles se aproximaram.

— Já vi esse olhar antes, muitas vezes na verdade. — Eles se entreolharam, intrigados. — Sheamus enviou vocês, não foi?

— Sim, senhor — respondeu Thomas.

— Esqueça os senhores e milordes aqui. Eu não quero nada disso. Pela maneira como vocês se aproximaram, vocês são aventureiros, sem dúvida, e pela aparência de seus passos, vocês viram Harry.

— Harry? — perguntou Haley.

— Desculpe. Estou acostumado a chamá-lo de Harry. Imagino que você o chame de Heródoto. — O nome do dragão despertou sentimentos diferentes em cada um dos companheiros, os de Jeffrey carregados de medo. — Harry visita de vez em quando, e nós pescamos no lago. Ele fala bem, mas é um péssimo pescador. Você pensaria que ele aprenderia a pescar depois dos primeiros séculos. — Ele pegou mais sementes e nozes antes de jogá-las para os esquilos. — Você sabe o que é divertido sobre esquilos? — Brian perguntou. —

Escondem sementes de girassol. Então, no final do verão, brotam sementes de girassol que eles há muito esqueceram, em alguns dos lugares mais fascinantes. — Brian então se aproximou deles e levou um momento para avaliar cada um de seus novos pupilos. — Então, vamos começar?

E ASSIM COMEÇA...

Caro leitor,

Esperamos que você tenha gostado de ler *A Fortaleza no Pântano*. Reserve um momento para deixar uma crítica, mesmo que curta. A sua opinião é importante para nós.

Atenciosamente,

Neil O'Donnell e Next Chapter Team

SOBRE O AUTOR

Autor premiado e coach profissional aclamado por ajudar recém-graduados a conseguir empregos imediatamente. Vencendo o TOC com a ajuda de minha incrível esposa.

A Fortaleza no Pântano
ISBN: 978-4-82418-493-1

Publicado por
Next Chapter
2-5-6 SANNO
SANNO BRIDGE
143-0023 Ota-Ku, Tokyo
+818035793528

21 julho 2023